それでも空は青い

荻原 浩

角川文庫
22904

目次

スピードキング

空がどんなに青くても、日差しが暖かくても、気持ちのいい風が吹いていても、人は死ぬ。

そんな当たり前のことを知ったのは、連休が終わったばかりの五月の水曜日だった。休みのあいだ寝てばかりいた俺は、縦にすることにまだなじんでいない体を椅子に縛りつけて、母親がつくった朝飯をぼんやり食っていた。

リビングのテレビがつけっぱなしになっていた。朝の情報番組だった。ゴールデンウィークの行楽客数ベストテンなんていうどうでもいい話題の後に、ニュースのコーナーになった。さらにどうでもいい。俺の関心は木屑(きくず)みたいな鯵(あじ)の干物に戻った。

「――のフジシマ選手が亡くなりました」

最初は気づかなかった。とぎれとぎれにしか言葉を受けつけていない頭で、どんな競技の選手だろう。往年の名選手の爺(じい)さんか。フジシマって名前は案外多いんだな、そんなことを考えただけだ。

「――を自由契約になった後に、渡米。ニューヨーク――三年間プレーしたのち――今年から――」

干物が口の中で本当に木屑になった。俺はぎくしゃくとテレビに顔を向ける。見るのが怖かった。

画面には見慣れた顔が浮かんでいた。日本のプロ野球のユニフォームを着ていた頃の静止画像だった。

藤嶋が死んだ？

頭の中に宛て先を間違った手紙を差し入れられた気分だった。しかもその手紙には差出人の名前もない。

そんなこと、あるはずがなかった。あいつは金属バットで頭を殴られたって、バットのほうが折れる男だ。胸に弾丸を撃ち込まれても大胸筋で跳ね返す。たとえ飛行機が落ちたって、やつならきっと空を飛ぶ。

画面があっさりと東北の桜のニュースに切り替わる。リモコンを取り上げ、他のチャンネルを漁った。柔軟剤のコマーシャル、ニュースコメンテーターのしたり顔、グルメレポート。藤嶋のニュースはどこにもなかった。

朝飯を放棄し、自室に戻ってパジャマがわりのジャージを外出用のジャージに着替える。ニューヨーク・ヤンキースのウィンドブレーカーをひっかけて、財布を握り、車のキーをポケットに突っ込んだ。

「どこ行く？　仕事に遅れるよ」

パートに出かけるために洗面所で化粧をしていた母親が、半分だけ白くなった顔をドアから突き出した。

「休む」

「は？　何言っちょう。またクビになるよ」

「体調が悪い」

「嘘だら」

本当だ。胸が痛くてたまらない。

ミニバンを小さな田舎町に一軒だけある漫画喫茶へ走らせた。スマートフォンは持っていないし、だましだまし使っていたノートパソコンは去年の暮れからぶちこわれたままだ。

曇り空の多い山陰でも、五月はいい季節だ。フロントガラスの向こうに広がる空はくそいまいましいほど青い。東へ向かう雨上がりの道は朝の光に輝き、いちょう並木の緑の梢が風にそよいでいる。とはいえ、いまの俺には、二車線道路のセンターライン以外、ろくに目に入っちゃいなかった。風景が水中眼鏡越しに眺めるように狭く、歪んで見えていた。

藤嶋が死んだ。

嘘だら。

アクセルを踏んで四十キロ制限の道路を六十キロで突っ走る。テレビなんか信用できない。それが誤報であることを確かめるために、俺には漫画喫茶のパソコンが必要だった。

○

　ガキの頃から野球ばっかりやってきた。好き嫌いの問題じゃない。物心がつく前から俺はプラスチック製のバットで空振りし、ビニールボールを投げころがし、クリームパンみたいに小さなグローブをはめて、落としたボールを追いかけていた。買い与えられる玩具といえばそれぐらいだった。親父が酒と野球しか趣味がない男だったからだ。

　初めて革のグローブと金属バットを手にしたのは、五歳か六歳の頃だろう。ボールも軟球に変わった。休みの日には親父がキャッチボールの相手をしてくれた。小学生用のバットでさえ重くて、持つだけで体をふらつかせている幼稚園児の俺に、親父は辛抱強くバッティングピッチャーを務めた。最初から左打ちだ。「バッターは左のほうが有利なんだ」

　場所には事欠かなかった。俺の家の周りでは、毎年のように田んぼや古い建物が消え、休耕田と更地に変わっていた。

　野球好きといっても、親父に特別な野球経験があったわけじゃない。工学専門学校出身で、二十六で故郷に戻るまで東京の電子メーカーで働いていた、華奢な体格の男だ。こっちでは親類のプロパンガス販売会社で配達の仕事をしていた。

　平日の夜も休日もほぼ毎日家にいたが、俺が覚えている親父の姿といえば、酒を飲んでいるか、プロ野球中継を観ているかだ。たいていはその両方。酔ってもおとなしいタイプなのだが、いつも不機嫌だった。広島カープが負けるともっと不機嫌になった。俺がガキの頃にはテレビ中継は巨人戦しかなかったから、人気も勝ち星も独り占めしている巨人の負けを祈りながら、ときおり画面に出る途中経過に一喜一憂するのが親父のテレビ観戦だった。

休みの日に俺をキャッチボールに誘う時も、けっして機嫌がいいわけじゃない。いつもつまらなそうな顔で俺にボールを投げ、ボールを受けていた気がする。そのくせ、軽口とは思えない真剣な顔で、「将来、お前はプロ野球選手になれ。広島カープに入れ」ことあるごとに俺の小さなつるつるの脳味噌(のうみそ)に吹き込んだ。

親父との野球は最初のうち、遊びというより「いえのおてつだいをしましょう」と同じに思える退屈なものだった。だがそのうち、投げたボールが届かなかった場所まで届くようになり、子どもながらに球が速くなり、バットにまるっきり当たらなかったボールが遠くへ飛ばせるようになると、俺は夢中になった。早く野球がやりたくて、二日酔いで寝ている親父の頭に軟球を投げつけて、何度怒られたことか。

いまでも俺は思う。野球の魅力っていうのは、小さな小さな惑星みたいな丸い塊を、重力に逆らって自分の力で遠くに、あるいは素晴らしいスピードで飛ばせることだ。

小学三年生になった春に、俺は地元のボーイズリーグに入団した。親父が望み、俺も憧れ(あこが)、母親だけが渋っていた、高校球児やプロ野球選手と同じ硬球で本格的に野球をする子どもたちの集団だ。

世間の認知度が高いリトルリーグと活動内容はほぼ同じだが、運営組織が違う。西日本にはボーイズリーグのほうが多く、そもそも俺の住む町の近くにリトルリーグはなかった。

硬球は恐ろしい。ヘルメットなしの頭に送球や打球を受けると最悪死ぬ。強い球を受けただけで手のひらが痺れる。受け損ねて直撃を食らった痛さといったら。でも、痛さも勲章だった。プロ野球選手と同じボールを使っている。その事実が誇らしかった。

土日はいつも練習か試合だから、俺はあいかわらず遊びを知らずに野球ばかりしていた。どこかに出かけた記憶というのは、ぜんぶ試合の遠征先だ。

五年生でレギュラーになったのは俺だけだった。やりたかったピッチャーではなく、ライトで七番だったが。チームで数少ない左打ちだったのが幸いしたのだ。最初の試合で二安打を放ち、すぐに打順は二番に上がった。親父がすべての試合についてきてスコアブックをつけていたから、この年の成績は正確に言える。十四試合で32打数10安打。打率・３１３。七月の上旬までの成績だ。それ以降はない。親父が死んでしまったからだ。

ボーイズリーグの選手は親も大変だ。会費だけでなく、遠征費、硬式の用具代、いちいち金がかかる。それ以上に親の負担になるのが、まわり持ちで試合や練習の世話係をしなければならないことだ。親父が死に、おふくろがわさび工場に働きに出るようになった俺の家には、子どもに硬式野球を続けさせる余裕がなくなった。「もったいない」と引きとめられたが、おふくろが「ユニフォームを買い替える金もない」と訴えたら、業者と結託して新ユニフォームを導入しようとしていた監督は何も言わなくなった。六年になったら四番でエースの座が待っていたはずなのに。俺は葬式の時より泣いた。

少年野球を始めたのも大人の都合。やめたのも大人の都合。子どもの健全な成長は、大人の阻害からいかに上手く、あるいは運良く逃れられるかにかかっている。大人になったいまの俺はそう思うのだ。

〇

平日の午前中の漫画喫茶には客の気配がなく、田舎に開業したことを後悔しているように、むっつりと沈黙していた。基本料金だけ払って、ドリンクも持たずに個室へ入った。すぐにパソコンを立ち上げ、手垢で汚れたマウスでＹａｈｏｏ！の画面を呼び出す。

トップページのニュースの見出しに藤嶋の名前はない。「スポーツ」の見出しも同じだ。スポーツの「一覧」をクリックした。「野球」「メジャーリーグ」「プロ野球12球団」どこを検索すればいいだろう。藤嶋はいくつもの球団を渡り歩いている。手あたりしだいに開いてみたが、藤嶋が死んだなんてニュースはどこにもなかった。俺はためこんでいた息を吐き出して、ソファに背中を預ける。やっぱり誤報だ。そうとも。

トップページに戻る。情報が更新され、新たな一行が浮かんでいた。
〝スピードキング藤嶋氏　死去〟
もう一度息を吐く。今度は長く深く重く。クリックをするのをしばらくためらった。
握り締めたマウスはいまや遺体安置所の重い扉のノブだった。

○

中学に入った時、部活はサッカー部か陸上部を選ぼうと思った。野球部にはすでに地元のボーイズ出身者が何人も入部していたからだ。辞めた俺のかわりにエースになったやつもいた。もともとの実力で負けるのならしかたない。他の家の親は元気なのに、俺の父親だけ死んだという、悪いくじに当たったような運のせいで負けるのが悔しかったのだ。

まだJリーグがなかった頃だったから、野球部はいちばん人気で、グラウンドの半分を占拠し、練習にすら参加できない大勢の新入部員たちは外野でかけ声を出すのが決まりだ。

「バッチ来ぉいこいこいこい」

サッカー部にも陸上部にも入らずぐずぐずしていた俺は、いつもそのかけ声を背中に聞いて自転車を漕ぎ、家へ逃げ帰った。校門の先は下り坂なのにペダルは重かった。

「来ぉいこいこいこいこいこい」

やっぱり我慢できなかった。ボーイズの時と同じあのかけ声を聞くと、指がボールを握るかたちになってしまう。結局、四月の末に入部した。悩むほどのことはなかった。ボーイズ出身者たちはむしろ硬球とは違う軟球を扱いあぐねていた。小学三年まで親父と軟球で「特訓」を繰り返していた俺はむしろすんなりなじめた。ピッチャーを志願し、ボーイズリーグでは禁止されていた変化球を覚えた。

最初はカーブ。そしてシュート。指の抜き方を覚えたら、面白いほどボールが曲がるようになった。中学の部活では学年がひとつ変われば、体格も体力も桁違いだから、二年までは控え投手だったが、三年ではエース。しかも四番。ボーイズだったやつらとクリーンアップを組み、県大会ではベスト4まで勝ち上がった。俺の心に再び夢が戻ってきた。

「お前はプロ野球選手になれ」

勉強は昔から苦手だったのだが、受験勉強は人並みにやった。おふくろがパートから正社員に昇格したおかげで、新聞配達のバイトをしなくてすむようになり、ようやくまともに教科書を開くようになった、というのが正確なところだが。

甲子園に出られそうな高校に入りたかったのだ。おふくろの給料では私立は無理だから、県立の強豪校をめざした。担任には「五分五分だぞ。滑り止めがないのに、危険だ」と言われたが、俺にしてみれば、五割は凄い打率だ。迷わず受験し、おそらくぎりぎりの点数で合格した。滑りこみセーフ。

その高校に藤嶋がいた。

○

漫画喫茶を出て、三列シートのミニバンに戻り、車を発進させた。家には戻りたくなかった。太陽を背にする方角だったが、俺はダッシュボードからサングラスを取り出してかけた。

勤め先の製材所が見えてきた。始業時間はとっくに過ぎている。運転席の中に深く頭を埋めた。俺がめざしている場所に辿りつくには、この道を通るしかなかった。

○

俺の高校の野球部には、有名私立校のような入部選考はなかったが、入部希望者が出揃うと、体力テストと適性テストが行われるのが恒例だった。

体力テストの当日、十三人の顔ぶれを見まわして思った。プロになるなら、とりあえずこの中で一番にならなくては。そして、一度も練習に来ていなかった顔に気づいた。周囲より頭半分飛び出た顔だ。俺は同じ中学だったやつに聞いた。

「あれ、誰？」

「2組の藤嶋。スポーツテストで捻挫して練習に来れなかったんだって」

準決まで行った中学時代には、よそのチームで見かけたことのない顔だ。人口の少ない県だから、強い学校や目立つ選手の噂はすぐに耳に入るのだが、名前も聞いたことがない。どうせ図体だけだろうと思った。

「バスケか柔道へ行きゃあいいのに」

「いや、あいつ、広島のリトルシニアにいたらしいよ」

リトルシニア。中学生のための硬式野球チームだ。本気でプロをめざしている連中だから、軟式の中学野球部なんぞには入らない。いまどきのサッカーでいえば、ジュニアユースの選手が、学校のサッカー部を相手にしないのと同じ。

だが、そう聞かされても俺の「一番になる」決意は揺らぎもしなかった。リトルの本当に凄い連中は、それこそプロ並みに有名高校にスカウトされ、越境入学で甲子園常連校に行く。県立に来ているのだから、どうせおちこぼれだろう。負けはしない。俺はそう考えていた。

体力テストは50メートル走から始まった。足には自信があった。中学時代も陸上部をさしおいてクラス対抗リレーのアンカーだったのだ。その日の俺のタイムは6秒3。苗字あいうえお順の十三人中九番目でトップだった。

だが、最終的には二位のタイムだった。俺の二人あとの藤嶋が6秒2を叩き出したのだ。身長だけでなく体重もかなりありそうな体格で、素早そうにはとても見えないのに。まるで馬が走っているようだった。

続いて、遠投。俺はあまり得意じゃない。二投した、いいほうの記録で七十八メートル。まぁ、でも、少し前まで中学生だった十三人の中ではそこそこの成績だった。「なんだ、今年の一年は誰も九十を超えないのか」計測係の二年生が小馬鹿にした声を出した。

投擲(とうてき)位置であるホームベースの九十メートル先に金網フェンスがある。二、三年にはそこにぶち当てる人間がごろごろいるそうだ。金網フェンスの上にはホームランボールが越えないようにネットが張ってあり、そこまで届くのが百メートルのめやす。チーム一の強肩外野手は、ネットまで届くらしい。

自分も金網派らしい二年生の自慢話をさんざん聞かされた直後だった。

藤嶋の番になった。大きな手の中ではボールが別の競技のもののように小さく見えた。ゆったりしたフォームからやつの手を離れると、ボールが白い鳥になった。二年の計測係の手にした鉛筆はいつまで経っても動かなかった。金網も、その上に張られたネットも越えていったからだ。

適性テストは、その翌日に行われた。新入部員のポジションを監督が見きわめ、振り分ける場だ。とりあえず自己申告で野手、捕手、投手に分かれる。俺はもちろんピッチャー。県立の中ではレベルの高い野球部だから、入部希望者には中学時代は四番でエースといった連中が多い。十三人中七人が投手志望だった。

投手希望者はそれぞれが十球ずつ投げる。

俺は中三の秋からずっと、少しでも指がなじむように、寝ている時でも、受験勉強の合間にも、硬球をお守りのように握り続けていた。高校野球部をめざしている同級生とキャッチボールもしていた。だが、その日の出来はさんざんだった。
ストレートは走らず、コントロールはばらばら。小学五年で一度手放している硬球は、俺の手の先で、よそで飼われていた猫みたいに暴れた。監督がバインダーに顔を埋めて何かを書き込むたびに俺の腕は縮み上がり、ますますボールが荒れた。

バインダーから顔を上げた監督の唇は「へ」の字になっていた。俺を含めたそれまでの五人の投手希望者が、期待はずれだったからだろう。

「次」

苛立ちを隠さない声で監督が唸り、藤嶋がマウンドに立った。

藤嶋の指先からボールが離れる瞬間、びしっという音が聞こえた。リリース音っていうやつだ。話には聞いていたが、実際に耳にしたのは初めてだった。

それは、俺たちがいままで見てきたボールとは、まったく違っていた。別の物体に見えた。空気を切り裂く鋭い音がした。しかもボールが途中から浮き上がった。物理学上あり得ないことはわかっている。でも、本当に浮き上がったように俺たちには見えた。その証拠にボールは差し出されたミットの上をかすめた。キャッチャーが普通のストレートの軌道しか頭に描いていなかったからだ。

三年のエースは顔をひきつらせていた。自分がエースの座を失ったことを、たった一球で理解したのだ。野球とはそういうものだ。一球ですべてがわかってしまう。俺もピッチャーになることを諦めた。一年や二年で追いつける差じゃないと思ったからだ。いや、認めたくないだけで、頭の片隅ではわかっていた。百年経っても追いつけないってことが。

「変化球はあるのか」

監督の言葉に藤嶋は頷いた。

「フォークボールを投げます」

フォークボール？　投げるにはかなりの握力や基礎体力が必要な変化球だ。プロのピッチャーならともかく、高校野球ではめったに使われない。まして中学生が本格的なフォークを投げるなんて聞いたことがなかった。

藤嶋の投げた球は、まさにフォークだった。ストレートだと思っていたボールが、ホームベースの手前で、突然重力が失われたように、すとんと落ちた。キャッチャーはまたしても捕れなかった。

自分から取り下げる前に、監督の判断で俺は野手組に回された。「悔しいな」と周囲には零してみせたが、内心はほっとしていた。

県道を右折すると、休耕田が目立つ田んぼの先に、あずき色の丸い屋根が見えてくる。かつては中学校の体育館だった屋根だ。

俺が通っていた中学校は十数年前に廃校になった。近くにあったブラウン管工場が潰(つぶ)れ、生徒が激減したためだ。建物はまだ昔のまま残っている。取り壊す費用もなく、そもそも田んぼですら見放されている土地で、新しい事業を始めようとする人間がどこからも現われないからだろう。

校門の前に車を停める。学校名がやけにくっきり残っている門柱が、いまの俺には墓標に見えた。

○

三年の夏、俺たちは甲子園に行った。常連校の私立を破り、何十年かぶりに出場を果たしたのだ。エースはもちろん藤嶋。やつは地区予選を一人で投げきった。六試合で失点はたったの5。他の強豪よりずっと弱い打線で予選を勝ち抜けたのは、藤嶋一人のおかげだ。

俺は残念ながらスタンドにいた。二年の秋季大会ではショートのレギュラーだったのだが、夏の予選の直前、入ったばかりの一年にポジションを奪われたのだ。

俺たちの学校は、前の年も準決勝まで行っている。一年の時からエースの藤嶋の名前が県内に轟いて、各中学の有力選手が集まるようになっていた。十五歳で遠投九十メートル、50メートル走6秒台前半の連中だ。

ガキの頃から本気で野球をやってきた選手には右投げ左打ちが多い。いままで俺にアドバンテージを与えてくれていた左打ちが、ここで仇になった。左打者がだぶついていることを理由に、ベンチ入りのメンバーからもはずされた。

背番号のないユニフォームを着てスタンドで応援するのは、体が震えるほど悔しかったが、同時に俺の胸は誇りに震えていた。なにはともあれ自分が甲子園出場校の選手であることが嬉しかった。

初戦の相手は神奈川代表。俺たちの県の数倍もの高校が参加する神奈川予選を勝ち抜いたチームだ。弱いわけがない。戦前の予想でも、高校野球には厳しい批評をしないマスコミですら、どこも神奈川の勝ちをほのめかしていた。その相手チームの楽勝ムードを藤嶋は最初の一球で吹き飛ばした。

藤嶋が投げるごとに、スタジアムがどよめいた。弱小と見なされていた県立高校の投手の球速に驚いているのだ。でも、アルプススタンドにいた俺たちベンチ外の野球部員は、囁きあっていた。「藤嶋、おかしいぞ」「調子悪いのか」

球場全体にアナウンスしたい気分だった。あのくらいで驚くな。俺をベンチから追いやったあいつの力は、あんなもんじゃない。

藤嶋の球はいつもより遅く、変化球にもキレがなかった。あの程度の球じゃない。影響だったのかもしれない。打線は甲子園レベルじゃなかったから、予選を一人で投げ抜いた初戦だけで、毎試合藤嶋が九回まで投げた。二番手投手が頼りなかったから、コールドゲームは監督が小心者だったせいだ。7対0で勝っていても藤嶋を交替させようとはしなかった。

試合は0対0のスコアで六回に入った。悪いながらも相手打線を4安打に抑えていた藤嶋はそこでつかまった。一番打者に五本目のヒットを打たれた後に、めったに出さないフォアボールを連発して、ノーアウト満塁。

だが、そこでいつもの藤嶋が戻ってきた。

キャッチャーのサインに首を横に振ってから、フォアボールの直後にはストライクを取りにくると決めこんでいる四番バッターに、ストレートを投げこんだのだ。

いまでも覚えている。第一試合のまだ朝の気配が残った球場で、ボールが光って見えた。

あの頃の高校野球は、アマチュア精神に反するだのどうだのと、やってるのは俺たちなのに、大人がへ理屈をこねていたから、スコアボードでも、NHKのテレビ中継でも、スピードガンの球速表示をしていなかった。スカウトがノーマークだったのか、あの一球の正式な記録がマスコミで報道されることもなかった。

その後、俺はプロ野球の試合を生で何十回も観ている。ピッチャーのレベルは年々上がっていて、150キロ台の速球は珍しくなくなった。が、断言できる。あれより速い球を目の当たりにしたことは一度もない。

あるとしたら、その時の藤嶋の二球目と三球目だ。

四番バッターをストレートだけで三球三振にすると、続く二人のバッターも変化球を交えて、俺には抑え気味に見える速球で凡退させた。藤嶋は自分の肩がおかしいことに気づいて、勝負どころ以外では百パーセントの力を出さないようにしているようだった。やつに直接聞いたわけではないのだが。

同学年といっても俺と藤嶋は同じクラスになったこともなく、チームメイトという以上に親しかったわけじゃない。しかもやつはもともと無口だ。地元のマスコミに取り上げられ、一挙手一投足が注目されるようになると、それに反発するようにますます口が重くなった。

0対0のまま延長に入った。うちのチームにも一度だけチャンスはあったのだが、小心者の監督が唯一長打を放っていた三番にスクイズをさせて、だいなしにしてしまった。相手チームは先発投手に代打を送って引っこめたが、さすが神奈川代表。よそならじゅうぶんエースを張れるだろう二年のサウスポーが後を継ぎ、俺たちのチームはあいかわらず三振と凡打の山を築き続けた。

延長十一回裏。また藤嶋に試練の時が来た。内野のエラーとポテンヒットで、ワンアウト一、三塁。百五十球近く投げている藤嶋にはもう渾身の速球を投げ込む力が残っていないように見えた。変化球を続けたが、巧打の六番にみんなファウルにされてしまう。

藤嶋がまた珍しくキャッチャーのサインに首を振った。俺たちにはすぐにわかった。フォークを投げたがっていることが。

高校野球でフォークボールがあまり使われないのには、いろいろと理由がある。高校生では完璧には投げられない難しい変化球であること、そしてまだ十代の高校生が多投すると肩や肘を壊しかねないことだ。俺たちの監督も最初は藤嶋に投げることを禁じていた。でも、藤嶋のフォークの完成度が高く、それで勝ち進めることがわかると何も言わなくなった。高校野球の監督は、選手の将来なんて考えちゃいない。目先の一勝に、自分自身の田舎でのちっぽけな地位や名声がかかっているからだ。

思ったとおり、藤嶋はフォークを投げた。いつもの藤嶋のフォークだった。直球に見えたボールが打者の手前でコウモリのように方向転換してバットを逃れた。

高校生がフォークボールを使わないのには、もうひとつ理由がある。縦の激しい変化に高校のキャッチャーの技量がついていけないのだ。

キャッチャーが捕り損ねたボールが、バックネット方向へころがっていく。拾い上げた時には、三塁ランナーが拳を突き上げながらホームを駆け抜けていた。

甲子園での実績は1戦1敗で終わったが、プロが藤嶋を見逃すわけはなかった。ドラフトが近づくと、藤嶋のもとに複数の球団からスカウトがやってくるようになった。スポーツマスコミも俺たちも、上位指名は確実だと噂した。

俺自身は進路がまったく定まっていなかった。甲子園に魂を吸い取られたまま夏を過ごし、秋を迎えた。人には「ドラフトにひっかからないかと思って」などと軽口を叩いていたが、心の中では本気で考えていた。プロの入団テストを受けてみようかと。

俺からポジションを奪った一年生は、藤嶋に続いて二年後のドラフト候補になるかもしれないと地元では囁かれていた。藤嶋はともかくあの一年坊主とはそれほどの差はない。俺自身はそう考えていた。それは真正面のゴロを案外にエラーしやすいのと同じだった。自分の足もとというのは、左右よりちゃんと見えていないものだ。

十月の後半になって、親類の紹介で県外の社会人野球チームのセレクションが受けられることになった。俺はプロの入団テストの小手調べのつもりで参加した。結果は不合格。

その年の秋、藤嶋はドラフト4位でパ・リーグのチームに指名された。

4位？　1位でもおかしくないと俺たち野球部員は考えていたのだが。藤嶋はやはり肩を壊していて、親善高校野球の日本代表を辞退した。それが各球団に二の足を踏ませたのかもしれない。

俺は結局、地元の住宅設備会社で働きはじめた。そこには軟式野球部がある。軟式からプロに入る例もないことはない。しかも社長は甲子園経験者で野球に理解があった。

数年後には野球部を硬式にし、都市対抗野球に挑戦する——社員としてというより部員として入社した俺に社長はそう言った。だから、狭くはなったが、プロへの道は閉ざされたわけじゃなかった。何年かかるかわからないが、アマで実績を残せばいいのだ。

　本当は自分でもわかっていた。プロ野球選手になる、という夢を俺が手放そうとしないのは、それ以外の人生を歩んでいる自分の姿を想像しても、何の希望も見出せなかったからだ。頭の中でヘリウム風船のように夢をめいっぱいふくらませておけば、中身はスカスカでも現実を片隅に追いやれる。

やつならいきなりローテーションに入り、最多勝だってありえなくもない。俺は自分の夢と同様、藤嶋への期待もふくらませるだけふくらませていたのだが、一年目の藤嶋に一軍での登板はなかった。まぁ、たいていの高卒ルーキーが同じ道を辿るのだからしかたない。

　地元ではあいかわらずスターだった。地方紙では、二軍戦での成績まで報じられた。なぜこの成績で一軍で投げさせないのかと、地元紙記者が憤りの記事を載せたこともあった。俺はことあるごとに人に自慢した。藤嶋と一緒に甲子園へ行ったことを。「どこを守っていたの？」という質問には、「スタンド」と答えるのが定番の自虐ジョークだった。

　だが、二年目も三年目も表舞台に登場しなくなると、地元でもしだいに藤嶋のことは話題にのぼらなくなった。「俺、藤嶋と一緒に甲子園に行ったんだぜ」と話しても、会社の後輩には通じなくなった。「フジシマ？　誰っすか」

藤嶋が初めて一軍のマウンドを踏んだのは、四年目のシーズンだ。体調管理のために控えていた酒をこの頃の俺は毎晩飲むようになっていたから、スポーツニュースを見逃し、結果を翌日の新聞で知った。

3回2／3　被安打5　死球1　5失点。

嘘だら。

あの怪物から五点もとるなんて、どんな化け物たちなんだ。

○

校門の前に張られたロープをくぐり抜けて校庭に入った。ロープにはいちおう「立ち入り禁止」と書かれた札がさげられているのだが、ビニールにくるまれたその厚紙の札にはとっくに雨水が染み込んでいて、文字は読めない。

二階建ての校舎の砂色の壁はだいぶくすんでいたが、ガラスはあらかたが無事だったから、どこかの窓から制服姿のにきび面がひょっこり顔を出しても不思議はないように見えた。

校舎と体育館の間、鳥の糞でちょんまげをだいなしにした二宮金次郎の横を通り抜ける。この先はグラウンドだ。田舎の学校だから、野球とサッカー、両方の練習が同時にできる広さがある。野球部のボールがしょっちゅうサッカーコートに入って、球拾いの一年が尻(しり)にキックを食らったりはしたが。

野球用のバックネットもまだ健在だった。ときおり地域のスポーツ行事に使われているから、フィールドを示す白線が薄く残っている。誰が手を入れているのか、草がきれいに刈られていて、ゴミも落ちていない。昔からそうなのだ。

あの時もだ。

○

俺があと一か月で二十三歳になる年の大晦日(おおみそか)だった。会社も野球部の練習も休みで、俺は田んぼの中のパチンコ屋へ行くために日産スカイラインを走らせていた。

葉が落ちたいちょう並木にさしかかった時だ。道の向こうから走ってくるジョギング中の大男が目に入った。スウェットのフードを目深にかぶっていたから人相はわからなかったが、近づくにつれて、その馬みたいな大股(おおまた)のストライドが、かつて部活のランニングの時に見慣れたものであることに気づいた。

車を停め、ウィンドウを下げて、その男が真横に来た時に声をかけた。

「藤嶋？」

やつに驚いた様子はなかった。知らない人間に声をかけられ慣れているようだった。坊主頭の俺しか覚えていないらしく、顔には困惑が浮かんでいた。長く伸ばしていた前髪を掻き上げて額を見せてやった。俺の高校時代のあだ名は「デコ」だ。

「田村か？」

「おお」

レギュラーじゃなかった俺は野球部のOB会に参加したことがなく、会費も払っていない。藤嶋の実家がまだこっちにあることは知っていたが、仲間うちで集まっても、藤嶋に連絡を取ろうなんて誰も考えなかった。やつは野球部の誰とも距離を置いていて、親しい友人はいなかったし、もう住む世界が違っている気がしたからだ。シーズン中はもちろん、たとえオフになっても、こんな町にいる藤嶋は想像できなかった。

昨日から実家に帰って来ている、藤嶋はそう言った。真冬なのに水をかぶったように汗をかいていた。

どこかボールを投げられる空き地はないか、と尋ねてきた。年明けから始まる合同自主トレの前に、ボールの感触を確かめておきたいのだと言って。

「相手はいるのか」

「野津に頼む。三が日は空いてるって言ってたから」

野津は一年後輩。甲子園に出た時のキャッチャーだ。スポーツ推薦で東京の大学に入ったが、野球部を二年で辞めてこっちへ帰って来ている。

「俺の中学校はどうだ。この近くにあるんだ」

正式に廃校が決まったのはその数年後だが、その年の春にはすでに休校になっていたのだ。俺はやつを助手席に乗せ、自分の所有物のように学校の中へ招き入れ、グラウンドまで案内した。藤嶋は気に入ったようだった。たぶんいちばん気に入ったのは、周囲に人の目がないことだろう。田舎の人間は地元出身の有名人に大騒ぎをする。たとえ二軍選手でも。

「いいな、ここ」

すぐにでも投げたそうな顔をしていたから言ってみた。

「なぁ、俺が受けてやろうか」スカイラインのトランクにはいつも野球用具一式を入れてある。「硬球もあるぞ」

軟式野球部に五年もいるのに、俺はしょっちゅう硬球を投げていた。おもに壁を相手に。それをやめてしまうと、夢の最後のしっぽまで消えてしまいそうな気がして。

高校時代、藤嶋のキャッチボール相手はもっぱらキャッチャーたちだったから、やつのボールを受けるのは、本当に久しぶりだった。一年生の時にたまさか組んだ時以来だろう。

初めてやつの投げたボールを受けた時に思った。音が違うと。キャッチボールですら手が痺れた。ボールの中に電流が流れているかのようだった。

七年ぶりに受けても、その感触はまったく変わらなかった。

速球投手がどうしてスピードボールを投げられるのかについては、さまざまな科学的解明が試みられている。とくに藤嶋の速球のような浮き上がって見えるライジング・ファストボールを投げるには、どうすればいいのか。

回転数が違う。回転軸がブレない。リリースポイントが違う。初速と終速の差が少ない。バックスピンがかかっている。いろいろなことが言われているが、実際のところはいまだに誰にもわからない。なにしろ投げている本人たちにもわからないのだから。俺には、神様が特別な人間にだけ、違うボールを与えているとしか思えなかった。

最初は近い距離でのスナップスローだったから、俺はやつに話しかけた。

「こんな寒いところで投げてだいじょうぶなのか。沖縄とかグアムとかには行かないのか?」

ボールとともに、無口なやつにしては饒舌な声が返ってきた。

「俺、二軍だぜ。用具代だって足りないのに。無理だろ、グアム」

契約金は親へ贈る家を建てた費用で、消えてしまったそうだ。藤嶋が広島からこの町へ来たのは、中学三年の秋。事業に失敗した父親がブラウン管工場で働きはじめたからだ。工場が潰れ社宅を追われたが、父親はここでまた職を見つけ、借家住まいをしていたらしい。

「一軍選手に仲のいい人もいないし、同じ学校のOBもいないしな」

二軍選手で豪勢な自主トレができるのは、たいてい一流選手にパートナーとして連れて行ってもらえる覚えのめでたい後輩なのだそうだ。

「来年はいけそうか」

四年目に一試合登板しただけで、五年目のその年にも藤嶋は一軍に呼ばれていない。

「どうだろう」

「お前に足んないのは、運だけだよ」

藤嶋に関することが新聞や雑誌に載っていれば、俺はごく数行でもかかさず目を通していた。いままでにこんな記事を読んでいた。「高校時代に、選手としての実績が乏しい無能な監督に肩を壊された」「二軍の昔気質のベテランコーチにいじられて、投球フォームがおかしくなっている」「やっぱりボールに呪われているんじゃないか」

ボールに呪われている。こういう噂だ。デビュー戦で藤嶋がデッドボールを食らわしたベテラン内野手は骨折し、その間に若手にポジションを奪われて、結局、引退を表明した。以来、藤嶋は二軍でも肝心なところで打たれる。勝ち運に乗れない。インコースに投げるのを無意識に恐れているのではないかとも言われていた。

藤嶋は首をかしげてから、グローブの中のボールに話しかけるように言った。

「運は関係ないよ」

まったく関係なくはないと思う。そもそも野球自体が運をやりとりするスポーツだ。親父のような野球経験のない野球好きは、誰それが三割打った、なにがしというピッチャーが何勝した、とわかりやすいデータばかり見て騒ぐが、8対7で勝っても一勝。1

対0で負けても一敗だ。ヒットと凡打の違いもじつは曖昧で、鋭い打球が野手の真正面をつくこともあるし、打ち損ねがたまたま飛んだ場所がよくてヒットになることもある。もちろん長く試合を戦っていけば、その運不運もしだいに公平に分配されていくのだろうが、一試合、一打席、一球で判断されてしまう、二軍選手の場合はどうだろう。たった一度のチャンスをつかんで駆け上がる人間もいれば、つかみ損ねて這い上がれずに終わってしまう人間もいるはずだ。その頃の俺は、自分が人生の二軍にいる気がしていたから、よけいにそう思えた。

だいぶ距離をのばしていたから、どうせ聞こえないだろうと思って、俺は投げ返すかけ声のつもりで言った。

「早くボールの呪いを解けよ」

藤嶋が何か言ったが、風に飛ばされたその声は、はっきり耳に届かなかった。

「なんだって？」

耳に手を当てて、聞き返すしぐさをした。

やつが声を張り上げた。聞きまちがいでなければ、こう言ったと思う。

「ボールのせいじゃない」

俺は元日も、その翌日も、藤嶋の練習相手になった。アップ、ランニング、グラウンドと中庭を結ぶ階段を使ったトレーニング、キャッチボール。パ・リーグは指名打者制なのに、バッティング練習もやった。たぶん俺のためだ。

俺はその三日間、練習の合間に、あるいはキャッチボールをしながら、いまの自分を藤嶋に語って聞かせていた。所属チームは軟式だが、もうすぐ硬式野球部になること。チームでは期待を背負った若手選手で、いつか都市対抗野球に出場するのが目標であること。ほんとのほんとの夢がプロ野球選手になること以外のすべてを。事実を二割増し三割増しにして。

キャッチボールの時、俺がふざけて見よう見まねのフォークを投げると、藤嶋はストレートを投げ返し、まじめな顔で忠告してきた。

「変化球はなし。ストレートだけだ。遊びで投げてると肩を壊すぞ」

壊すもなにも、もともと弱い肩だ。いまの軟式野球チームですら、送球に難があるという理由で遊撃から二塁に回されている。

これもキャッチボールの時だった。なにかの拍子に俺は言った。

「俺、結婚するんだ」

二年前からつきあっている彼女はいたが、じつはまだ決めたわけじゃなかった。俺の半分以下の口数だが、ぽつりぽつりとプロ野球の裏話をしてくれる藤嶋に、こっちも驚かせるようなことを言いたかっただけだ。

「すごいな、俺にはまだまだ無理だよ。合宿所暮らしの二軍だからな」

藤嶋がそう言った時、俺はようやくやつにひとつ勝てた気がした。

「おめでとう」

祝儀のつもりだったのか、藤嶋は一球だけプロのカーブを見せてくれた。

その年、藤嶋は五月半ばに一軍入りを果たした。主力投手の一人が故障し、ローテーションの穴埋めのための先発だったが、やつは八回までを3安打無失点に抑えた。やはりボールに呪われているのか、勝ち星はつかなかった。だが、その時に記録した球速は、世間を驚かせた。最速157キロ。当時の歴代ナンバー2のスピードだ。

次の試合は完封し、文句なしにプロ初勝利を挙げた。ローテーションの一角に定着した藤嶋は、最速157キロを連発して勝ち星を重ねていった。その年の成績は十一勝三敗。防御率2・82。やつのチームのファンは、藤嶋の登板試合になると、こんなプラカードを掲げた。

『スピードキング』

俺に新しい自慢話が増えたのは言うまでもない。

「俺、藤嶋の自主トレにつきあったんだよ。やつのボールを受けた。やっぱりプロは凄いな」

「あいつは俺にこう言ってくれたんだ。肩を壊すぞ。変化球はなし。ストレートだけだ」

同じ年の秋に、俺は結婚した。結婚というのは誰だってそうだろうが、勢いとなりゆきだ。決勝打になると信じて、人生のどこかから来たボールを弾き返しただけ。いま思えば、俺は藤嶋に語った自分の言葉を、ひとつぐらいは本当にしたかったのかもしれない。

○

グラウンドにはグローブとボールを持ってきていた。車はあの時のスカイラインから三列シートのミニバンに変わっているが、荷台に野球道具を放り込んでおく俺の習慣は変わっていない。いまでは昔の仲間と月に一、二度、練習や試合の後のビールがめあてみたいな草野球をやっているだけだが、硬球も捨ててはいなかった。

藤嶋とキャッチボールをした金網のバックネットの前へ行き、バックネット下のコンクリートフェンスにボールを投げた。あの三日間も、俺のほうがマウンド側に立ち、藤嶋がバックネットを背負った。距離を離し遠投になるにつれて、俺のコントロールが乱れるからだ。やつのボールはどんなに距離を空けても、巣に帰るツバメのように正確に俺の構えた場所へ飛んできた。

ぼろぼろのコンクリートが崩れるほどの豪速球を投げたつもりだったが、真っ黒に汚れた硬球は、ぺこんと情けない音を立てて、一塁側のベンチにころがっていった。

○

藤嶋と再会した一年後の年末だった。二か月前に結婚したばかりのカミさんが、取った受話器に片手で蓋をして俺に言った。

「フジシマっていう人、知ってる？　変な勧誘だったら切ろうか？」

カミさんの手から受話器をひったくった。最後の日に藤嶋は「次のオフにもまた頼めないか」そう言っていたのだが、あの時といまでは大違いだ。むこうはチームの、というより日本のプロ野球の若きスターだ。本当に電話をくれるとは思わなかった。

「藤嶋って、ほら、いつも話してるだろ。あの藤嶋だよ。プロ野球の」

受話器の向こうで藤嶋は言った。「今年も頼めないかな。年明けの三日からは野津に頼んでるんだけど、その前にお前とまたやりたいなと思って」

もちろん、という言葉がなかなか出てこなかった。カミさんがこっちを睨んでいたからだ。野球に興味のない彼女にとって「フジシマ」は、元日に一緒に初詣へ行くという約束も、その後、彼女の家に寄り両親と会うという予定も、俺にすべてドタキャンさせた元凶でしかない。俺に向けてくる目はあきらかに「まさか今年もじゃないでしょうね」と言っていた。それでなくてもカミさんは、家や仕事より野球を優先しようとする俺に、しょっちゅう腹を立てている。

「悪い、今年は無理かな」

なんで、あんなこと、言ってしまったんだろう。受話器を置いたとたん後悔した。こちらからかけ直して「やっぱり、だいじょうぶだ」「一緒にやろう」と答える自分を何度も何度も想像した。あの時ばかりじゃなく、その後何年も。いまでも。

じつは怖かったのだ。カミさんの視線がじゃない。藤嶋が去年の返礼のつもりで声をかけてくれただけに思えたことが。俺がすっかり友だち気取りになったとたん、「なれなれしくしないでくれ」と言われるかもしれないことが。

正直に言えば、俺はやつのボールを受けるたびにみじめになっていた。お前とは格が違うよ。お前なんか絶対にプロへ行けないことがよくわかっただろ。ボールにそう言われているようで。お前が本物の野球選手になれないことは生まれた時から決まっているんだ。空からそんな声が降ってきそうで。

藤嶋とは、それっきり会っていない。

藤嶋は翌年に十四勝、翌々年に十三勝と、最多勝には届かなかったが、コンスタントに勝ち星を稼いでチームのエースになった。

俺の会社の野球部は、本当に硬式になった。紆余曲折（うよきょくせつ）もなにもない簡単な話だ。大手企業に吸収合併され、たまたまその会社に社会人野球チームがあっただけ。ただし俺も他のそれまでの部員も、誰一人としてそのチームには呼ばれなかった。

二十六歳の時、俺は自分の未練を断ち切るつもりで、当時最弱だったプロ野球チームの入団テストを受けた。一次試験の遠投の合格基準は九十メートル。簡単に断ち切れた。高三でようやく九十に届くかどうかだった俺のへなちょこの肩は、さらに中古になっていて、八十二メートルしか投げられなかった。

俺は藤嶋のことを知るためだけに、毎日スポーツ新聞を買い、週刊ベースボールをかかさず読み、夜のスポーツニュースにチャンネルを合わせた。そうして藤嶋を自分に重ね合わせて、硬式ボールが手から零れ落ちた現実をやり過ごしていた。

スピードキングは短命だった。プロ入り九年目に再び故障した。今度は肘。翌年には、五歳も若い外野手との交換トレードに出された。その二年後には金銭トレードでセ・リーグに移った。

俺も会社を辞め、それからは同じ職場に長く居ついたことはない。

だが、飲んだくれて昔の自慢話ばかりしている俺と違って、藤嶋は不屈だった。三十を過ぎてから、中継ぎとして復活した。

セ・リーグだから、しばしば広島に来る。以前はクルマで山を越えて広島市民球場へ出かけていた俺は、プロ野球の試合をテレビですら観なくなっていたのだが、再び足を運ぶようになった。藤嶋が広島に遠征してくる試合だけに。一塁側スタンドでマウンドの藤嶋に会うために。

中継ぎ投手はいつ出るかわからない。そのかわり登板試合は多い。まだ幼稚園にも入っていない子どもも連れて行った。

「見ろ、あれが父ちゃんと一緒に野球をやっていたやつだぞ」

中継ぎ転向三年目には、藤嶋の名がコールされるたびに三塁側のファンからため息が漏れるようになった。たいていは敗戦処理だったからだ。それでも俺は、広島カープのレプリカユニフォームを羽織り、子どもにも同じものを着せ、赤いメガホンを叩きながら、心の中で藤嶋を応援した。藤嶋、前田を抑えろ。野村を打たせるな。

カミさんが隣にいたことは一度もなかった。野球が好きではないし、野球のことばかり考えたり、考えまいとしたり、どちらにしても野球に振りまわされているろくでなしの俺のことも、好きではなくなっていたからだろう。

子どもが五歳になった時、本格的なグローブと金属バットを買い与えた。まったく当たらないバッティングはお気に召さなかったようだが、なぜかキャッチボールは気に入ったようで、俺に似ているとよく言われる目をつり上げて、おでこの前髪を後ろになびかせて、こっちが飽きてもボールを投げ返してきた。ボールを落としても落としてもグローブを構える子だった。俺がカーブを投げると、ひどく怒った。「ずるいぞ」「お前にもそのうちカーブの投げ方を教えてやるよ」そう言っていた矢先に、カミさんが子どもを連れて出ていった。三年前だ。まだ離婚はしていないが、同居していた俺の母親との折り合いもかんばしくなかったカミさんには、いまの家に戻るつもりはなさそうだ。月に一度会う約束をしている子どもとも、もう半年以上会っていない。

バックネットに向かって、もう一度ボールを投げてみた。やっぱりへなちょこだ。コンクリートフェンスの中ほどのストライクゾーンを狙ったのに、ボールはネットとの境目の上端に飛び、高く跳ね上がる。藤嶋が定位置にしていたホームベース付近にころがって止まった。

「藤嶋、返球。ほら、早く、返球」

なぜだろう。空はこんなに晴れているのに、目の前だけが曇ってきた。雨曇りだ。俺はグローブで顔を覆って嗚咽(おえつ)した。もう十何年も会っていない男の死に涙した。あるいはそれは自分自身に対して流す涙だったのかもしれない。

○

藤嶋は三十五歳までにセ・パ合わせて四球団を渡り歩いた。スピードキングの強烈な残像が皆の頭から消えず、うちに来ればあの豪速球が蘇(よみがえ)るのではという期待を抱かせたからだと思う。四球団目を自由契約になり、メジャーをめざしてアメリカに渡った。しかし、夢破れて、今年、日本の独立リーグでプレーするために帰国している。

ここまでは俺も知っていた。ときおりスポーツ新聞の小さな記事にもなっていた。そんな時には違うスポーツ紙も買い漁って、他に近況が載っていないか、いつも確かめた。だが、藤嶋が3Aで通算23勝を挙げていたこと、去年、三十七歳の時に、中南米で開催されるウィンターリーグで百マイル（161キロ）の球速を記録していたことは、今日、ネットの情報で初めて知った。

やつは最後まで頑張ったのだ。ボールと同じように人生も速く駆け抜けただけだ。くぐり抜けてきた修羅場と真剣勝負の数は、百年生きた人間だって勝てないだろう。死因は脳腫瘍。肩や肘の検査ばかりじゃなく、体のほかの検査も受けなきゃだめじゃないか、馬鹿が。

藤嶋が結婚していたことは、たいていのプロ野球選手名鑑には家族構成まで載っているから、知っていた。プロ野球選手にしては晩婚で、息子はまだ五歳。俺もそうだったが、野球というのがどんなに素敵なものかを、知りはじめる年齢だ。藤嶋は息子に父親の勇姿を見せたかったのかもしれない。

○

何時間そうしていただろう。グラウンドに寝そべって空とキャッチボールをしているうちに、陽が真上から西へ移動しはじめていた。

いつまでもこうしちゃいられない。

俺は荷台にボールとグローブを積み込み、車を走らせた。家へ戻る道じゃない。職場に行く道でもない。さっき電話をかけたら、社長の声はまるで吠えザルだったが、明日はちゃんと出勤して謝らねば。まだクビになるわけにはいかない。こんな俺でも真剣勝負ができる仕事を見つけるまでは。

海岸へ向かう道に三列シートのミニバンを走らせる。隣町に続く道だ。

俺の住む町よりいくらかは栄えている目抜き通りから脇道へ入り、丘陵下の住宅地で車を停めた。

こぢんまりしたアパートの一室の前に立ち、ドアチャイムを鳴らす。

チェーンをかけたままドアが開けられる。

すき間から覗く顔は、前に会った時は胸のあたりだったのに、肩口の高さになっていた。

「なに？　お母さんは、いないよ」

カミさんが昼間は働いていて、一人で留守番をしていることはわかっていた。だから来たんだよ。お前に会いに来たんだ。俺は車から取り出したグローブを振ってみせた。

「なぁ、キャッチボールしよう」

俺の子どもじみたせりふに、俺の子どもは大人びた顔で答えた。

「いきなり何言ってんの、やだよ」

「藤嶋が死んだ」

「えっ、」目をガラス玉にして絶句した。俺がむりやりそうさせたのだが、こいつも藤嶋のファンだったのだ。

「だから、キャッチボール？」

「そう、キャッチボール」

俺の顔に謎を解く文字が書いてあるのではないかというふうに目を細めてから、大人っぽく肩をすくめて頷いた。

「待ってて。したくするから」

こいつには見どころがあるのだ。俺よりはるかに運動神経がいい。いつかきっといい選手になれると思う。それが野球であるにしろないにしろ。

十分は待っただろう。ようやくTシャツと半パンに着替えて出てきた。十歳ともなれば、いちおう服にも気をつかうらしい。頭にはシンシナティ・レッズのベースボールキャップ。まだ一緒に暮らしていた頃、広島カープの帽子を買ってやろうとしたら、「かっこ悪い」と一蹴された。だからよく似たデザインのこれにしたのだ。

あの頃はぶかぶかだったのに、帽子のサイズはもう頭にぴったり合っている。後ろのすき間から、ポニーテールにした髪を垂らしていた。

俺の娘はグローブの中で右手をぱしんと叩いて言った。

「変化球はなし。ストレートだけだよ」

妖精たちの時間

御出席
御欠席

二つ並んだ文字のどちらを選ぶべきか、しばらく悩んで僕が出した結論は、葉書を部屋の隅のゴミ箱に投げ捨てることだった。

往復葉書は手から離れたとたんひらひらと羽ばたいて、ゴミ箱の手前に着地した。高校三年のクラスの同窓会の通知だ。卒業して今年で二十周年なのだそうな。めでたいかぎり。

十年前、十周年の同窓会の通知が来た時にも迷った記憶がある。二十代の終わりのあの頃は、仕事がとんでもなく忙しくて、おまけに三か月後には結婚式を挙げる予定で、その準備にも追われていたからだ。高校を卒業すると同時に街を出た僕にとって、故郷は電車で二時間かかる場所だから、ちょっと顔を出すにしても半日が潰れてしまう。

結局、あのとき出席したのは、自分の現在地をみんなに知って欲しかったからだと思う。「俺、もうすぐ結婚するんだ」「仕事？　もう忙しくてめちゃくちゃ」ようするに自分を語りたかったのだ。電柱にマーキングする犬と一緒。実際に、久しぶりに会う誰もかれもに同じ話をし、聞かれもしないのに、「結婚するとまずいんだよ、いまの部署。妻帯者は即、海外駐在」と自慢げに嘆いた。行き先は、たぶん西海岸のどこかになるだろうなんて、希望的観測を決定事項のように吹聴して。

おめでたいかぎりだ。

いまの僕には語る言葉がない。聞かれたくないことばかりだ。

あの時、熱く語った部署にはもういない。会社にすらいない。三十になったとたん、新しい上司とうまくいかなくなって、海外拠点ではなく物流倉庫を管理するセクションに回された。

不本意な異動に耐えられず転職を決意して、会社を辞めたのは七年前だ。二か月後にリーマン・ショックが起こり、業界全体が中途採用どころではなくなるとも知らずに。

葉書をもう一度拾い上げ、四つ折りにした。わざわざ部屋の隅に行き、そこからスリーポイントシュートを狙う。一年で辞めてしまったけれど、高校時代、僕はバスケット部員だったのだ。葉書のボールはゴミ箱の縁でバウンドしたが、結局、外側に跳ねた。ツイてない。もう何年も。

ハローワークに通いつめてなんとか潜りこんだ会社は畑違いの業種で、給料は前の会社の三分の二だった。今年の春、そこからも事実上解雇された。スキルのない中途採用は金の無駄だと見なされたのだと思う。いまは再びハローワーク通いを始めている。

葉書を拾ってゴミ箱の真上からダンクシュートを決めた瞬間、ベッドの上でスマホが短く囀(さえず)った。ＬＩＮＥの着信音。誰からのどんな用件かは見なくてもわかった。放っておくことにする。

結婚はした。正確には、「かつてはしていた」だ。職場結婚をした妻とは二年前に別れた。原因はいくつもあったし、きっかけは些細(ささい)なことだったはずだが、短くまとめて言えば、彼女が結婚したのはあくまでも「羽振りのいい商社マン」であって、「僕」ではなかったということだろう。幸いなのかどうか、子どもはいない。

十年は長い。一人の人間が、結婚し、会社を辞め、再就職し、離婚し、再び失業する。それだけの出来事が起きる時間だ。浜辺の砂を両手ですくい、それが指の間から零(こぼ)れ落ちるあいだぐらいの、短い時間であった気もするけれど。

スマホがまた着信音を鳴らす。二年前に引っ越してきた狭いワンルームの中では、やけに高らかに響く。ベッドに寝ころがってＬＩＮＥを開いた。

思ったとおり、本橋(もとはし)からだった。高校時代の同級生の中で、いまでもつきあいがあるのはこいつぐらいだ。文面も予想通り。

『同窓会どうする？』

行かない、と即答するのも大人げない気がした。

『なんかかったるいわ』

正直に言えば、心を見透かされるのが怖かった。本橋は僕のこの十年間を知っている。だから返事が来る前に、よけいな言葉をつけ足した。

『どうせこの前と同じメンツだろ』

十年前に集まったのはクラスの半数程度だった。同窓会を企画したのも集まったのも、クラスで目立っていた、楽しくて懐かしい思い出がたくさんあるらしい連中。僕といじけた三年間を送っていた僕の数少ないいじけた友人は、本橋以外誰も来ていなかった。

『今回はけっこう集まるらしいぞ』

きっとみんな、人生の折り返し地点が見えてきて、一緒にスタートしたランナーのことが気になりはじめたに違いない。同窓会の話はもういい、という意思表示のかわりに返信せずにいると、また本橋からメッセージ。

『桜井も来るって』

僕は額に指を押しあて、二、三度深呼吸してから、返信した。

『まぁ、考えとく』

おやすみのスタンプを押して画面を閉じる。次の瞬間にはベッドから起き上がり、ゴミ箱から往復葉書を拾いあげた。手のひらで何度もこすって折り目を伸ばし、出席に○をつける。それから、まだ日付も見ていないことに気づいた。

まぁ、だいじょうぶ。いまの僕には、予定なんてない。心配なのは、会費が高すぎないかどうかだけだ。

日付は、クリスマスに街が浮かれはじめた十二月の上旬。同窓会の会場は、県内でいちばん大きな街の、地下一階のワイン・バーだった。仲間うちの飲み会ではたいてい遅刻して顰蹙を買うのに、到着したのは定刻よりだいぶ早い時間だ。狭い階段を僕は過去を遡るように一歩ずつ降りた。

窓のない白い土壁に囲まれた店内には、もう十人以上の人間が集まって、いくつかの輪をつくっていた。カウンターに用意されたワイングラスを手にとって顔ぶれを見まわす。

いない。

いちばん大きな輪から手招きされた。

「よっ、槙田。ひさしぶりっ」

「変わらないねぇ」

幹事に名前を連ねていた男が問いかけてくる。

「そういえば、槙田、海外勤務が決まったとか言ってたよな。いつ帰ってきたんだ？　本橋に住所を聞いて葉書を送ったんだけど」

決まったとは言ってない。結局、行かなかったんだ、とだけ答えた。十年前にはなかった結婚指輪を光らせた女にも言われてしまった。

「そうそう、あのとき、結婚式が何週間後にあるとかって。ということは、結婚十年目？」

何週間後じゃない、三か月後だ。ことさら軽く聞こえる調子で僕は答える。「いや、離婚三年目。バツ一」

　みんなけっこう覚えているもんだな。日頃のつきあいがないぶん、上書きされないままのデータが頭に刻まれちまっているのか。頼む、忘れてくれ。

でも、心配するまでもなかった。こっちの近況を聞きたがる人間にかぎって、自分語りが多い。たいていは自慢だ。

「へえー、槙田くん、子どももいないんだ。ウチはもうたいへん。上の子がいま中学受験で。あ、小学校は二人とも私立に行かせててね――」

「そうかぁ、転職か。いいな。俺も何回も考えたよ。でも、課長になっちゃうとなぁ」

　そして、そういう人間は、人の話を聞かない。他人の言葉に、自分を語るための糸口を探しているだけだ。同窓会というのは、人生の品評会でもあるのだな。自分の人生に『いいね!』を押してもらうための。

　いつのまにか人が増えていた。そう広い店ではないのだが、コの字型になっているから、全体は見通せない。僕は、新たな自分語りを始めた誰かの話を耳だけで聞きながら、目は桜井(さくらい)の姿をさがしていた。

　女の子たち――もう女の子じゃなくなった女の子たち一人一人を眺める。後ろ姿だと誰が誰だかさっぱりわからない。

十年前の同窓会のときもそうだった。校則の厳しい学校だったから、化粧をし、髪を染め、パーマをかけた彼女たちの姿を見るのは初めてで、その変貌ぶりに絶句したり、名乗られるまで誰だかわからなかったり。

桜井はごく普通の背丈だった。ほっそりしていたけれど、なにしろ二十年前だ。ぷるんと太ってしまっていたとしても不思議はない。もっとも、ここに集まった女の子たちはダイエットのベテランなのか、たいていが高校時代よりスリムになっていたけれど。

桜井暎子は、僕らの教室にある日突然、ふわりと舞い降りてきた。

おおげさではなく、むりやりな比喩を使うわけでもなく、ほんとうに、ふわりと。

垢抜けない窮屈な制服にアンバランスな体と心を押し込んだ田舎町の高校生には、そうとしか言いようがなかった。

公立だった僕らの高校では転校生は珍しかった。どんな事情があったのか、教室にやってきたのは三年の四月の末で、しかも担任に連れられて教室へやってきた彼女は、新調が間に合わず、前の学校の制服を着ていた。

チェックのミニスカートと、ネイビーブルーのセーターにレジメンタルのネクタイ。男子は絞殺装置みたいな詰め襟で、女子は体形を醜く見せるためにデザインされたブレザーという当時の我々には、別世界のファッションだった。実際のところ、ある意味、桜井は別世界からやってきた少女だった。父親の仕事の都合で十二年間海外で暮らして日本へ戻ってきた、オーストラリアの高校(セカンダリースクール)からの編入生だ。

いきなり肩を叩(たた)かれた。

「もう、やらしい目つきでどこ見てんのさ」

短髪を逆立てた髪に、ちゃらいアンダーリムの眼鏡。本橋だ。

「遅かったじゃないか」

「やっぱり来たか。魔法の呪文(じゅもん)が効いたかな」

「なんだよ、呪文って」

本橋がにんまり笑う。わかっているくせにという顔で、肘(ひじ)で僕をつつくしぐさをした。

僕はワイングラスを左右に振った。「関係ないよ」

「俺もずっとこっちに帰ってないし、お前が来ないと寂しいから、おまじないのつもりで唱えてみたんだ」

関係ないと言っておきながら、正直すぎるリアクションをしてしまった。

「え、嘘なの？」

「嘘じゃない。来るっていう噂は聞いた。町田(まちだ)——覚えてるかな、町田智美(さとみ)、あいつに連絡があったんだって、桜井から。お前だけじゃないよ。男の出席率が少し上がったろうな」

お、本橋。フリーのライターだってほんとかよ。僕よりずっと社交的だった本橋は、すぐに人の輪の中に取りこまれた。

ざわめきが波の音のように寄せ返すワイン・バーを僕は見まわす。いつのまにかどこかに桜井がまぎれこんで佇んでいるんじゃないかと思って。


桜井には、一人だけ違う制服がよく似合っていた。一週間後に、他の女子生徒と同じブレザーを着て現われた時には、みんながっかりしたものだ。みんなというのは、おもに男子生徒のことだが。

髪が長くてまっすぐで、色白で卵形の小さな顔に、大きな目と小さな唇と細い鼻が、これ以外にあてはめようがないっていうほどバランスよく配置されていた。ようするに、桜井暎子はとてもきれいな女の子だった。

しかも、当たり前なのだが、英語の成績は抜群。英語の教師は、僕らの教室に来ると気の毒なほど緊張するようになった。それまでは得意気に自らスピーキング指導をしていたのに、リピートに桜井を指名したのが運のつき。「オーストラリア訛り」と負け惜しみを言っていた英語教師が、外国映画に出てくるトンチンカンな東洋人に思えた。それからの授業ではテープ教材が使われるようになった。

そのくせ彼女の日本語は誰よりもきれいだった。流行語や若者言葉を覚える機会がなかったからだと思う。昔の女の人みたいな喋り方をした。「そんなことないと思うわ」「これでよろしいの？」

「『思うわ』だぜ、『わ』だよ、おい」僕たち男子は、桜井の言葉じりを捉えて――揶揄ではなく感動して――小学生のガキみたいに肘をこづき合ったもんだ。

ひととおりの再会の挨拶が終わり、何人もの男と女の半生に『いいね！』ボタンを押し終えると、僕は人の輪からはずれた。場内の人の群れはしだいに、二十年前のクラスの勢力図そのままに収斂していった。当時の僕は、独りぼっちだったわけでもないけれど、いつも大きな輪の中にはいなかった。いまこうして店の隅にいるように、距離を置いてみんなを眺めていた。なんの根拠もなく自分のことを「人とは違う」と見なしていたからだ。いい意味でも悪い意味でも。それに本当に根拠がなかったことに気づいたのは、二十歳をだいぶ過ぎてからだ。いい意味でも悪い意味でも。

「あの子、わざとやってるんだよ」

そう言い出したのは、誰だったろう。忘れたが、女子の誰かだった。桜井の古風な言葉づかいのことだ。

最初のうち、桜井に憧れの目を向け、積極的に近づこうとしたのは、目が合うと下を向いてしまう、奥手でまるでガキな田舎の男子たちじゃなくて、女子のほうだったと思う。英語のテストはほぼ満点だし（ネイティブ並みの英語力なのに百点をとれないテスト問題のほうに問題がある、と僕らには思えた）、なにしろオーストラリアだし。「女だって、きれいな女の子は好きなんだよ」なんてことを言って。中学（ジュニアセカンダリー）時代にバスケットをやっていたという桜井を、部活に誘ったのも、クラスに何人かいたバスケ部の女子だ（うちの学校ではバスケ部の引退は八月だったのだ）。

でも、桜井が素敵なゲストだった時間は、せいぜい一学期のあいだまでだった。女子たちに防衛本能が芽生えはじめたのだと思う。一緒にいると引き立て役になってしまう。自分の彼氏の心を盗（と）られはしまいか。たぶんそんなことを恐れて。

僕も含めた男子は、いつも桜井を遠巻きにしていただけだった気がする。月並みな会話はするが、なれなれしく接すると、それだけで下心があると思われる。視線を向けたり、親切にしただけで「スケベ野郎」と思われてしまう。彼女にしてみたい、と何人もの男が夢見たはずだが、夢を見るだけで、誰も本気でアプローチしようとはしなかった。自分とは違う世界の子、つり合うわけがない、ハナからそう考えて。

そもそもいつの頃からか、「桜井にはボーイフレンドがいる」という噂がクラスの中に流れていた。「オーストラリア人の彼氏がいる」「年上の大学生風と歩いているのを見た」いま思えば、誰かのつくり話が伝言ゲームみたいに脚色されて伝染していっただけに違いない、真偽を確かめようもない噂だ。

あまり親しくなかった男につかまって、こっちはさっぱり覚えていない、化学室での授業でフラスコが爆発したときの思い出話を聞かされている時だった。

店内の声のさざ波が急に高まった。

「暎子？」という声が聞こえた気がして、僕は振り向く。

階段を降りてくるほっそりとした脚が見えた。

グレーのニットのワンピース。両手に抱えた白いコート。気張っておしゃれをしてきた他の女たちに、見えないカウンターパンチを食らわすような、質素な服装だった。

階段の下で、店の中に顔を振り向けると、二十年前のままに見える黒くて長いストレートヘアがふわりと揺れた。

女たちの何人かが小さな歓声をあげ、別の何人かが語尾の長いため息をつき、少なくない数の男がおそらく唾を呑みこんだ。

細身の体も、人形みたいな顔だちも、昔のままだった。変わらなすぎるぐらいに。化粧はしているが、もともとの端整さにとってそれは、ちょっとした微調整を加えるためのものにしか見えなかった。

「エイコ〜久しぶり〜」「会いたかったよぉ」

女たちが桜井を取り囲む。

二十年前のことを忘れたみたいに。

二学期に入ると、女子バスケット部のキャプテンだったコが、桜井に関するさまざまなエピソードをみんなに披露するようになった。

「桜井さん、意外に変わってる。オカルト本とかが好きなんだもん」

「お風呂(ふろ)には毎日入らないって言ってた。オーストラリアの人はそうらしいよ」

「胸がちっちゃいのが悩みなんだって。ほんとにぺったんこ」

それは、親しさをひけらかすようにも聞こえたけれど、そのじつ、桜井暎子にばかり男子の視線が集中することや、彼女に憧れる女子が少なくないことに嫉妬(しっと)して、彼女からみんなを遠ざけようとしている言葉だったように思えた。桜井がやってくるまで、女バスのキャプテンだったそのコは、クラスの中心にいたのだ。

夏休みのあいだに、二人の関係を悪化させる何かがあったのかもしれない。キャプテンが親子関係でトラブルを抱えていることはクラスの多くの人間が知っていた。桜井ではなく、キャプテン自身の心の問題だったのかもしれない。

「桜井はノストラダムスの本を愛読している」

その噂が最大の引き金だったと思う。ちょうどオウム真理教に世間の目が厳しくなった年だった。翌年の春には地下鉄サリン事件も起きた。

キモい。流行(はや)りはじめた言葉で、まず女子たちが桜井から離れていき、桜井と雑談ぐらいは交わすようになっていた男子たちも距離を置くようになった。オーストラリアにいた彼女がノストラダムス系の本を手に入れることがはたしてできたのか、などということは疑問視されなかった。誰もが近づこうとし、そのおかげで特定の友人がいなかった桜井は、クラスの暫定女王の座からころげ落ちた。

「あの爆発って、塩素酸カリに誰かが硫黄を混ぜたからだと思うんだよね——」

化学の授業の話をまだ続けている男の言葉を耳の端で聞きながら、僕は桜井のいる方向に視線を向けていた。

何人かが彼女を取り囲んでいる。桜井の横顔は、離れたここから見ても、とても三十八歳には見えない（彼女の誕生日が二か月後であることを、高校時代から僕は知っている）。手にしているのはウーロン茶のようだった。そうか、酒は飲めないのか。

結婚は——してるよな。独身の三十代が増えていると世間は言うが、僕が話をし、噂を聞いた人間にかぎっていえば、既婚率は七割五分。そのうちのまた何割かは、バツ一、最高記録はバツ二、らしいけれど。

「聞いてる？」

「ああ、えーと、誰かが青酸カリを入れたんだっけ」

「違うよ。塩素酸カリに硫黄。ほら、町田が怪我して病院に行っただろ」

露骨ないじめというほどのものではなかったにせよ、桜井をみんなで取り囲んで一度は中心に据えたのに、それを輪の外に放り出すのは、酷い行為だったといまでも思う。だけど、桜井はとくに気にする様子は見せなかった。九月が終わる頃の昼休みには、独りで図書室に行き、本を読んで過ごすのが彼女の日課になっていた。

同じように輪の外にいるくせに、独りが寂しくて、似たような仲間を探してつるんでいた僕には、桜井のその姿が羨ましく、好もしく、それまで以上に眩しく見えた。強いコだな。オーストラリアの広大な大地に育まれた独立心だろうか。僕はようやく彼女の外見だけでなく、内面も好きになった。

思えばこの時が、桜井と親しくなれる絶好のチャンスだったのだが、僕がそれを生かすことはなかった。プライドしか守るものがない高校生にとって、なにより恐ろしいのは、傷つくことだ。拒絶を回避することが、事が成就するよりも大切だった。三十九になってしまった僕は、十八の頃の僕に言ってやりたい。「この馬鹿たれが」

義憤と下心、半分ずつの気持ちで、いつも屋上で弁当を食う仲間たちの定位置に彼女を誘おうとしたことはある。その時は、仲間の一人に止められた。「やめろよ。やばいぞ」やばいっていうのは、俺たちまでクラスの女子を敵に回す、という意味だ。

桜井と二人きりで日常会話以上の言葉を交わしたのは、一度だけ。放課後に文化祭の準備をしている時だ。いちおう進学校だったが、悠長な学校で、三年生も普通に参加していた。時期は十月下旬。場所は体育館の手前の中庭だった。

桜井は一人でベニヤ板に空色のペンキを塗っていた。クラスで出す模擬店の壁にするためのベニヤだ。誰もやりたがらない罰ゲームみたいな仕事。自分の仕事をサボってふらついていた僕は、長い髪を後ろに束ねた、独りのその背中にいたたまれなくなって、彼女に近づきたいという気持ちではなく、日本がオーストラリアより居づらい場所だと思われたくない一心で、「手伝うよ」と声をかけたのだ。

顔をあげた桜井の頬には空色のペンキがついていた。「ありがとう」笑うとその空色が、虹のかたちになった。

最初のうちはごく普通の会話をしていた。彼女の知らない去年までの文化祭について。日豪の学校行事の相違に関して。などなど。三枚目のベニヤ板に緑のペンキを塗っていたときだと思う。突然、桜井が言い出したのだ。

「槙田くん、妖精を見たことはある?」

「ヨウセイって……妖怪の妖に、精霊の精の?」精子の精と言いそうになってあわてて言葉をのみこんだ。

「そう」

ああ、本当にそういう子なんだ、と思った。悪いこととは思わないけれど、あんまり人には言わないほうがいいよ、と教えてあげたかったが、ウブでシャイで馬鹿で頭の中にも精子がつまっていた当時の僕は、こう返すのがせいいっぱいだった。

「いやぁ……ないなぁ」

「私はあるんだ。何度か」

最初に見たのは、六歳の時、オーストラリアに行ったばかりの頃だった、と桜井は言った。「まわりに友だちがいないから、一人で庭で遊んでいたの。そうしたら、フレームツリーの根もとに。最初はハミングバード――えーと、ハチドリ。ハチドリかと思った」

桜井は饒舌だった。妖精は、透明な羽を持ち、てのひらに乗るような大きさの少女の姿をしているそうだ。

他の女の子だったら、すぐにうんざりしていただろう。でも、僕は耳をかたむけ続けた。彼女が、外国風の身振り手振りをまじえて子どもみたいに真剣に話し続けるものだから。なにせ桜井だし。

「薄くて透き通ったドレスを着ているの。色は白かオーロラピンク」

「オーストラリアにはいるのかもね」

僕がまるで信じちゃいないことが言葉の端でわかったのか、桜井は少しむきになった。

「日本へ来てからも見たのよ。夏の終わり頃。クチナシの木陰で。二人いた。私が覗きこんだら、怯えて抱き合って。だから、そっとしておくことにしたわ。透明な羽が銀色に光ってた。ドレスは初めて見る色だった。ライトグリーン」

それ、ギンヤンマだろ、交尾してたんだよ、とつっこみたかった。そういうことを言うから、友だちがいなくなるんだよ。三十九歳のいまの僕なら、そんなアドバイスをしただろうが、十八歳の僕には、言えなかった。だいいち、全然不快じゃなかった。彼女にはその不思議な話が似合っていた。彼女の身のまわりになら、非現実的な出来事があってもおかしくないように、頭がオーロラピンクになっていた僕には思えた。「まったく男って、見た目でしか判断しないんだから」という女子たちの意見はおおむね正しい。彼女の真剣そのものの顔を、僕はもう少し見ていたかった。

話が途切れてそれっきりになってしまったのは、クラスの女子がやってきて、僕のサボりを咎め、なにがしかの用事を言いつけたからだ。あのときの女子は、確か、女子バスケ部のキャプテンだったと思う。

桜井に恋をしていたか、と聞かれたら、三十九歳の僕は首をかしげるかもしれない。彼女が好きというより、桜井みたいなガールフレンドがいる自分に憧れていた。そんな気持ちだったと思う。ちゃんとした説明になっているかどうかわからないけれど。

でも、説明のつかないその気持ちは、その後も長く僕の心の奥底に、捨てきれない記念品みたいに仕舞われることになる。

そして自分でも思わぬときに、ひょっこり顔を出す。

たとえば、大学に入って本当の恋をして、ガールフレンドと話をしているとき。新しく買う服だとかおいしかった店だとか、現実的な事々を熱心に喋り続けるガールフレンドに聞いてみたくなるのだ。「ねえ、妖精を見たことはある？」

栗色のショートヘアの女の子とつきあっていたときには、何かの拍子にふと、桜井の長く黒い髪を思い出した。

妻とぎくしゃくしはじめてからは、違う誰かと結婚したかもしれない自分を何度も想像したものだが、その時に思い浮かべる相手は、過去の何人かのガールフレンドではなく、なぜか桜井だった。

自分には手が届かないアイドルや女優に心惹かれる気持ちに似ているかもしれないが、ちょっと違う。勇気を出せば手が届いたかもしれない相手。古めかしい言い方をすれば、桜井暎子は、僕のマドンナだった（ライク・ア・ヴァージンのおネエさんではない。念のため）。

我ながらいつまでもいじましいと思うが、ようするに、そうなのだ。

酔っぱらいが増えてきて、錯綜する声高な会話がワイン・バーの窓のない壁に反響し、羽音みたいな唸りをあげている。

酔っぱらいの一人と話をしながら僕は、桜井のいる場所ばかりを気にしていた。桜井は、かつて自分を孤独に追い込んだ女子たちと親しげに話をしている。笑顔まで見せて。さすがに笑うと目尻に皺が寄るんだな。でも、それも僕には、二十年前には足りなかった大人の魅力をつけ加えるためのものに見えた。

二十年後の桜井は、どんな女性になっているだろう。ここに来るまでの僕は、頭の中でいろいろなパターンをシミュレーションしていた。

見る影もなく老け込んでしまっている。だぶだぶと醜く太っている。厚化粧の鼻持ちならない女になっている。

ショックを受けないように悪いパターンばかり。

どれも見事にはずれてしまった。

本橋が僕のところにやってきたのをいいことに、僕は相手をしていた酔っぱらいをやつにまかせることにした。三杯目のワインを飲み干して、カウンターに新しいグラスを取りに行くのを口実に、桜井のいる場所へ近づく。話をしてみたかった。僕のことを覚えていてくれればいいけれど。

「マ、キ、タ、くん」

人垣を縫っている途中で行く手を阻まれた。元ソフトボール部のたくましい体を原色のワンピースで包んだ女。町田智美だ。すっかり酔っているようだった。

「変わらないねぇ。まだ独身？」

何度も聞かれてすっかりこなれた答えを返す。「いまはね。二年前に離婚して、バツ一」

「やっぱり。なんだか奥さんの影がない」町田が探る目を向けてくる。「でも、誰かいい人はいるんでしょ。昔から槙田くん、もてたもんねぇ」

「俺が？　気のせいだよ」

僕が会話に乗り気じゃないことがわかったらしい。町田が意地になって体を寄せてくる。数メートル先にいる桜井に横目を走らせて「ははぁん」という顔をした。今度は僕のほうが意地になって、町田との会話に熱中する、ふりをした。

地元の信用金庫に勤めているという町田の愚痴におざなりなあいづちを打ち、何人かの女子の近況を聞く。

「そういえば、江嶋さんのこと、聞いた？」

「いや」

江嶋。女子バスケ部のキャプテンの名前だ。前回は出席していたが、今日は来ていないようだった。男並みの長身だから、来ていればすぐにわかる。

「亡くなったんだって」

「え、なんで？」

これは、おざなりではなく尋ねた。年をとったもんだと、今日話をした誰もかれもが嘆くが、まだ笑い顔で嘆ける年齢だ。死んだ人間なんて、一人もいないと思っていた。

「事故死って聞いた。他のクラスだったコに」

町田が怪談噺みたいな間をとってから、声をひそめる。

「怖い事故。何かの中毒だったかな。もう四、五年前だよ」

カウンターに辿りついたときには、桜井の姿が消えていた。そのかわりに別の元・女子につかまった。僕は今日、十回目ぐらいのせりふをまた繰り返す。「二年前に離婚して、バツ一」

トイレか。長いな。男子のあいだでは一時期「桜井はウンコなんかしない」なんて伝説も流れたもんだけれど。

長いトイレから戻ってきたのは、桜井を囲む輪の中にいた男だった。

「あれ、桜井は？」

「暎子？　帰っちゃったみたい」

僕は新しいワイングラスに口をつけ、その中にため息を落とす。

いつのまにか隣に（もしかしたら僕を追ってきて）町田がいて、しれっと会話に加わった。

「よくわかんないよね、あの子」

町田の頬が一瞬、不機嫌そうに引き攣るのを僕は見逃さなかった。あの頃の女子たちの多数意見を代弁するような表情だった。「あの子、わざとやってるんだよ」桜井の言葉づかいについて執拗に陰口を叩いていたのが、誰だったかを僕は思い出した。この町田智美だ。

三々五々二次会に流れていく列の後ろにくっついて歩いているあいだも、僕は桜井のことを考えていた。

あの変わらなさはなんなのだろう。まるで時が止まってしまったみたいだ。

心の底では、桜井に変わっていて欲しかった気がする。なんだ、やっぱり人間は変わっちまうんだ、誰だって同じさ、と納得するために。二十年前からの、幻滅する機会も更新する記憶もなく凝固したままの、恋心かどうかも定かでない思いを打ち砕くために。そうすれば、自分の人生が間違ってはいなかったと思えるから。

ぼんやり歩いているうちに、みんなを見失ってしまった。次の店ってどこだっけ。大雑把な住所しか聞いていない。そもそもここはどこだろう。二十年のあいだ、絶え間なくスクラップアンドビルドを繰り返してきたこの繁華街は、地元を離れた僕にとって初めての場所も同然だった。

本橋に連絡をしたが、通じない。そうだ、何人かとアドレス交換したっけ。誰にメールをしようか。そこまで考えて、今日が終わってしまえば、メールをする人間なんか僕には誰もいないだろうことに気づく。桜井と交換できたら良かったのにな。

まあ、いいや、このまま帰っちまおう。

駅の方角へ踵(きびす)を返した。

一次会のワイン・バーのあるビルを通り過ぎ、来た時より灯が少なくなった繁華街を歩いていた時だ。

道端から声をかけられた。

「槙田くん？」

聞き覚えがある細くて語尾が震えて聞こえる声。

顔を振り向けると、街灯の光に照らされた白いコートと白い顔が見えた。長く黒い髪は闇に溶けていた。

「槙田くんでしょ」

桜井だった。

「あれ？……どうして？」

世馴れしていない高校生のように僕は舌をもつれさせてしまった。

「待ってたんだ」

え？

「……俺を？」

桜井が頷いたように、僕には見えた。たいして飲んではいないつもりだったが、酔いが見せる幻覚ではないかと疑ってしまった。

「ちゃんと話ができなかったから」

「うん」喉をつまらせて答える。僕もそう思う。

「みんなと」

ああ、そういう意味か。

「どこかで飲み直さないか」

もう三十九だ。しかも酒が入っている。二十年前には言えなかった誘いの言葉がするりと口から零れ出た。

二十年間、心のどこかで待っていた答えは、Ｙｅｓだった。

高層ビルの最上階にあるバーは、さっきの店とは大違いだった。カウンターの向こうの酒棚以外は一面の窓。二十年前の田舎町は、灯とイルミネーションが眩しい、ちょっとした都会になっていた。

もっとも僕には外の景色などろくに見えてやしなかった。隣に座る桜井の顔を眺め過ぎないように気をつけて眺めていた。

「帰ったのかと思ってた」

「一度はお店を出たんだけど、みんなにまだ、ちゃんと話をしてないなぁって、そう思って、戻ったんだ。でも、お店がもう閉まっちゃってて」

僕はバーボンソーダをオーダーした。彼女はソフトドリンクのページを眺めている。

「酒は飲めないの？」

桜井が首を横に振る。暗い照明の下でも艶々して見える長い髪がふわりと揺れた。

「ううん。飲めば飲めるんだけど」

「じゃあ、飲んじゃえば」

酔った大人の桜井と話がしてみたかった。下心なんかなかった。たぶん。

頼んだジン・フィズをつかんだ桜井の左手（そう、彼女は左利きだった）には薬指に指輪が嵌まっていた。

そりゃあそうだよな。四十近い年なんだからな。でも、結婚していても指輪をしない人間は多いし、していなくても嵌める人間もいる。彼女の左手の薬指のリングは、シンプルなプラチナじゃなかった。ファッションでしているだけかもしれない。そう思った。そう思いたかった。

僕が聞きたかったことを、桜井に先に聞かれてしまった。

「結婚しているんでしょ」

今日のこれまでのどんな時よりも素早く否定した。

「いや、してない」

他のみんなには半ば誇らしげに口にしていた「バツ一」というせりふは、喉の途中で止まってしまった。

「槙田くんには奥さんがいるって、さっき聞いたけど」

「……別れたんだ。いろいろあって」続きの言葉を口にする前に、ひりつく喉を鎮めるためにバーボンソーダをふた口飲んだ。「そっちは？」

桜井がリングの嵌まった左手をひらひら動かす。

「結婚？　私は全然」

いっきにあおって空にしたグラスの中に、僕はこっそりと安堵のため息を吐き出す。自分のどこに安堵する理由や資格があるのだろうと訝りながら。

桜井がまた激しく手を振る。

「私には無理無理」

なにが無理なのかは知らないが、ひとつ気づいたのは、桜井の言葉づかいから高校時代の古風さが消えていたことだ。「ジン・フィズを」とオーダーしたときの発音は英語訛りだったけれど。当たり前か。高校までの人生より長い時間を僕らはもう生きているわけだから。なぜか僕は自分の二十年を彼女に語る気になった。

「いま失業中なんだ。これにもいろいろあって――」

多少は客観性を欠いていたかもしれないが、高校を卒業したあとの二十年をできるだけ正直に話した。他のみんなにはあの手この手で言葉を濁していたのに、桜井にはそうしたかった。『いいね!』クリックはいらなかった。二十年間のときどきに、僕の心のどこかにいてくれた彼女に――そんなことは知らない桜井には迷惑だろうけど――語りかけていた言葉を吐き出すつもりで。

桜井は黙って頷き続けてくれた。ひととおりの話が終わると、僕のマドンナは両手で頬づえをついて小さく微笑みながらこう言った。

「でも、それって幸せだよね、槙田くん」

聖母からの言葉には皮肉のかけらもなかった。だから、ありがたくそう思うことにした。

　桜井の二十年間も聞いてみたかった。でも、彼女の口からは、さっきのみんなのような、『いいね！』ボタンを他人に押させたあとに始まる現実的な愚痴は聞きたくなかった。知らないほうがいいような気もした。だから僕はこう尋ねてみた。

「ねぇ、妖精はまだ見えているの？」

　黒目がちの瞳が丸くふくらんだ。

「え？」

　何の話？　と呆れられてもしかたなかった。なにしろ二十年以上前の話だ。彼女の夢見る乙女の時代はとっくに過ぎているだろう。だが、桜井が驚いていたのは、別の意味でだった。

「覚えていてくれたんだ」

「うん」

　むしろこっちが驚きだ。僕との会話を覚えているなんて。会っていない人間の情報は、やっぱり上書きされないまま残ってしまうものなんだな。

「でも、槙田くんは信じていない。だよね」

「さぁ、どうだろう。信じてみたい気持ちはあるな」

　僕の嘘を見透かしたように桜井は微笑み、組んだ両手に乗せた首をかしげてため息をつく。

「もう見えなくなっちゃった」

桜井が二杯目のジン・フィズを空にする。なんだ、けっこう飲めるんじゃないか。僕も残りの酒を飲み干して三杯目をオーダーした。

会話が途切れた。こういうときに「天使が通りすぎた」なんてしゃれたせりふを口にするのはどこの国だっけ。天使も妖精も見えない僕は、沈黙を破るためだけに聞いてみた。

「仕事は何をしているの?」

どんな職業についている彼女も僕には想像がつかなかった。

「翻訳の仕事」

似合いすぎだ。童話や絵本を紹介しているんじゃないかな。

「読んでみたいな。どんな本を? 本名でやってるの?」

新たな会話の糸口を僕はけんめいにたぐる。

「本じゃなくて、ビジネス文書とか」

桜井は、その話はもう終わり、というふうに肩をすくめた。またしても天使が通りすぎた。僕がようやく話題を思いついたとき、むこうが先に口を開いた。その言葉を口にするのを待っていたようにきっぱりと。

「高校の時に、好きな人はいた?」

「え? いきなり何さ」君だよ。

「私は、いたよ」

僕は喉の奥から言葉を絞り出す。

「誰？」

合格は難しい記念受験の結果を問い合わせるように。

桜井が、ふふ、とハミングするような声を漏らす。

「ユウ」

ユウ？　誰だっけ。岡本雄一？　パソコン部の？　まさかな。

桜井は僕に横目を走らせてきて、小さくため息をついた。

「わからないなら、いいよ」

そう言って、ジン・フィズに添えられたさくらんぼをつまむと、キスをするように口に含んだ。僕はバーボンソーダで乾いた唇を湿らせた。

スマホが鳴った。本橋からだろう。無視することにした。

桜井が空のグラスを振り、新しい酒をオーダーしてから、そのついでみたいに呟く。

「ずっと好きだった」

僕は返す言葉を見つけられず、黙って聞いていた。

「体育館で二人きりになったときにわかったんだ。お互いに相手が好きだって」

正面の酒瓶を見つめて、ラベルの文字を順番に読んだ。

「練習が終わってからが、二人の時間だった。夏休みの体育館って夕方になると人がいなくなるから」

六番目のラベルを読んでいるときに、ユウが誰なのかようやくわかった。ＹＯＵと英語で言ってくれたわけじゃなかった。優菜。江嶋優菜。女子バスケット部のキャプテンだ。

「えーと、それは、友だちという意味で？」

正面を向いたままの僕の隣で、桜井がゆっくり首を横に振るのがわかった。

「あ、そうなんだ」

さりげない口調を装ったつもりだったが、うまくはいかなかった。

「私にも妖精が見える、ユウはそう言っていた。でもその話はしないほうがいい。大人に病院に連れていかれて、何かの病名をつけられるに決まってるって」

「二人は仲が悪いのかと思ってたよ」

「そういうふりをしていたの。お互いを他人から守るために。妖精が見える人間は傷つきやすいから。ユウはお義父さんの暴力に悩んでたし、私は日本に戻る前の二年間は、あんまり学校へ行ってなかったし。私の親はよかれと思ってそうしたんだろうけれど、オーストラリア人ばっかりの学校に東洋人が通うと、いろいろあるの、嫌なことが」

よりによって、この桜井を差別？　どういう野蛮な連中なんだろう——ああ、これが人種差別か。

「体育館にバックステージがあったでしょ」

た。

「うん」詰まってしまった喉から声を絞り出す。体育館の演壇の裏手にあった部屋だ。「楽屋」と僕らは呼んでいた。二学期の半ばからの桜井は、僕らには当たり前の日本語を知らないことを、露骨にくすくす笑いされ、英語に置き換えて話すと、陰口を叩かれた。

「あそこが二人の場所。暗くなってから明かりをつけずにいれば、誰にも見つからない」

楽屋はさまざまな物が詰まった部屋だ。演台、校旗、国旗、ホワイトボード、照明器具、演劇用の大道具。鍵がかかっているが、針金一本で開けられる。使われていない椅子やソファベッドが置かれていたから、僕が二年の春まで入っていた男子バスケット部では、冬のあいだの休憩室になっていた。

夏の体育館の、扉を全開にしても、透明なゼリーみたいに全身にまとわりつく暑さと湿気を僕は思い出す。

熱せられた風が吹くと、中庭に植わったクチナシの匂いが芳香剤みたいに漂うのだ。夏の楽屋はひどく蒸し暑いだろう。そこで肩を寄せ合う女子バスケ部の二つのライトグリーンのユニフォームを想像してみた。それがひとつになるさまも。想像の中の二人には透明な羽が生えていて、いまいる場所から飛び立とうと、もがくように必死で羽ばたいている。

また桜井がグラスを振り、新しい酒を要求する。これで何杯目だろう。僕はだいぶ前から同じペースで飲むことを諦めていた。

「ねぇ、もう少しゆっくり飲んだほうがいいよ」

桜井はしゃっくりをして口を押さえた。

「そうだね。これでも前より我慢できるようになったんだよ。センターの先生にこんなとこ見られたら、大変」

安易に酒を勧めたことを後悔した。申しわけないことをした。彼女は酒を飲ませてはいけない人間で、そのための治療をしている途中であるらしかった。僕はバーテンダーに目配せし、こっそり片手を差し上げて「ストップ」のジェスチャーをした。

「二十三歳のときに一緒に家を出て、二人で暮らしてた」

来ない酒を待つ桜井は、すがりつくように空のグラスを握り締めている。彼女の腕が、タイトなニットがだぶつくほど細いことに気づいた。利き腕じゃない右の手首にだけ、ミスチョイスじゃないかと思える太いブレスレットをつけていた。何かを隠すみたいに。

彼女はいろいろな問題を抱えているようだった。

ワイン・バーの近くで声をかけてきた桜井の言葉を僕は思い出す。

「待ってたんだ」

あてもなく、誰を？

僕も飲むのをやめて、中身の残ったグラスを遠くへ押しやる。そして、彼女に向き直った。

「でも、江嶋って……」

　ここまで話をされたのだ。聞かないわけにはいかなかった。桜井は空のグラスに話しかけるように呟いた。

「逝っちゃった。一人で」

「事故だって聞いた」

　桜井がゆっくり首を振る。

「お風呂場のドアをしっかり閉めて、酸性の洗剤と次亜塩……なんだっけ」

　細い指でこめかみを叩きながら、私、そういう方面にうとくて、と寂しく笑って言葉を続ける。

「次亜塩素なんとかの漂白剤を混ぜると、死ねる。前からそう言ってた。ユウは本当は理系クラス志望だったから。あのコは自分で死ぬ方法をたくさん知ってたから、いつも気をつけていたのに。私がセンターで入院治療をしているあいだに――」

　結局、僕は桜井のことを何も知らなかったのだ。内面も好きだった？　そんなの自分についている嘘だった。見ていたのも愛したのも、彼女の外側だけ。

　彼女の白い皮膚の下の頭蓋骨や内臓や脳味噌がさまざまな欲求を訴えたり、悲鳴をあげたりしているなんて、想像することもなかった。桜井はウンコなんかしない？　本当に馬鹿だった。いや、いまでも馬鹿だ。桜井が好きだったのは「ユウ」、という言葉を勘違いしたとき、最初に頭をかすめたのは、残り少ない財布の中身で泊まれる気のきいたホテルがあるかどうかだった。

「今日来たのは、ユウの代理。私と違って友だちが多かったでしょ。ユウは出席したかっただろうから、かわりに出ようと思って」

おそらく開催されるだろう二十周年の同窓会が近づいたとき、江嶋が遺していた高校の生徒名簿をめくって片端から電話をかけたのだそうだ。就職や結婚で誰もが家を出ていて、ようやく電話に出たのはまだ実家で暮らしている町田だった――

「皮肉。ユウは町田さんを嫌ってたのに。あんたをいじめてる張本人だよって。いじめ？　オーストラリアにいた頃に比べたら、全然気にならなかったよ、私」

グラスを口に運ばない代償行為のように桜井は喋り続けた。

「それに、私じゃない誰かが江嶋優菜って名前を口にするのを聞きたかったの。みんなからユウの思い出話を聞きたかった。でもみんな――」

桜井はそこで言葉を切って、すきま風みたいなため息を漏らした。

「自分の話ばっかり。ユウが死んだことだって知ってる人は少なかった。そんなものなんだね。目の前からいなくなった人間は、最初からいなかったみたいに忘れちゃう。私にはそんなことできない」

桜井がバーテンダーに向かって苛立った様子で空のグラスを振った。僕はその細すぎる手首をつかむ。

「もうやめたほうがいい」

彼女がこちらに顔を振り向けた。ずっとしっかりした口ぶりだったから酔っているふうに見えなかったのだが、瞳の焦点は僕には合っていなかった。

「ユウみたいだね」

桜井が僕の肩に自分の肩をぶつけてくる。僕じゃない誰かにそうするように。そして僕ではなく宙を見つめて言った。

「わかったよ、もうやめるよ」


駅まで桜井を送っていくことにした。僕はまだ続いているらしい二次会へ行こうと思う。江嶋優菜の思い出話をするために。

冬になったばかりだというのに、北にあるこの街はもう寒い。僕らは食いしばった歯から息を漏らしながら歩いた。

久しぶりの酒が急にまわってきたのか、いくらも歩かないうちに、彼女の足はおぼつかなくなった。歩調を合わせて隣を歩く僕の腕に桜井がすがりついてきた。親しい友人に対する警戒心のない親密さで。僕の腕を何かのお守りみたいに抱きしめながら、桜井はいままでに見てきた妖精の話をした。

話がふいに途切れたときに、僕は言った。

「ねえ、桜井。俺には妖精は見えない。でも、妖精はいないとも思わない。いてもいいと思う」

桜井が酔いにゆるんだ顔で見上げてきて、唇だけで微笑んだ。危うい笑顔に見えた。ほうっておくと透明の羽でどこかへ飛んでいってしまいそうな。

「だから、桜井も、いていいんだと思う。この世界に。ちゃんと、いなきゃだめだ」

「ありがと」

おざなりなせりふに聞こえたから、僕は彼女のコートのポケットにコースターをつっこむ。

「もし、飛んでいってしまいたくなったら、電話をしてくれ」

桜井がトイレに立ったときに、コースターの裏に電話番号を書いておいたのだ。多少の――いや、正直に言えばかなりの――下心を持って同窓会に出席した僕は、彼女の連絡先を聞き出す、あるいはこうして僕の連絡先を教えるシーンを夢想していた。こんなかたちで実現するとは思ってもいなかった。同級生の誰かが見ていたらきっと止められただろう。やめろよ、やばいぞ。

桜井が寒空に言葉を吐き出す。

「なぜ」

「心配だから」やばくてもいい。高校生のとき、彼女に何もしてやれなかった、せめてもの罪滅ぼしだ。

「なぜ心配？」

「だって、友だちじゃないか、俺たち。いまの店のトイレで、お前が吐いたゲロを始末したのは誰だっけ」

ごめん、そう言ってから、あはは、と桜井が笑う。そういえば、微笑む姿を見たことはあっても、彼女の笑い声を聞いたのは初めてだった。

桜井の鼻は寒さに赤くなっていて、鼻水が垂れていた。前歯に吐いたゲロの名残が張りついている。

ティッシュを渡して僕は教えてやる。

「鼻、それと歯」

「え？　あ？」

桜井が鼻を拭き、前歯をこする。そして、そういう具合に扱われることが心底嬉しいというふうに、また大口を開けて笑った。

その拍子に、彼女の口から、白い息が妖精みたいにふわりと漂った。

あなたによく似た機械

拓人を送り出して、食洗機にお皿を放りこんでいた美純は、ため息でふくらませていた頰の空気を抜いた。

なんでいっつもああなんだろう。

α

拓人のことだ。

今朝も起きてから出かけるまでにあの人の口から出てきた言葉といえば、「うん」と「いや」、たまに「ああ」。それだけ。3パターン。6文字。いや、5文字か。

「今日も遅くなるの」と問いかけたら、「うん」

「エアコン、やっぱり調子が良くないみたい。一度、見てくれる?」「うん」

「今度の日曜は休める? たまにはどこかに――」「いや」

YesかNo、それだけ。

YesでもNoでも美純はどっちでもいいのだ。「いついつまでは忙しいけれど、何日頃には暇になるだろうから、二人でどこかに出かけようか。美純はどこがいい? そうそう、リビングのエアコンの調子も見なくちゃね」というふうな会話がしたいだけ。

食洗機のスイッチを押したとたんに入れるべきカップがまだ残っていることに気づいて——なんで食器っていつも食洗機を回しはじめた後に、嫌がらせみたいに最後のひとつが出現するんだろう。まったく油断がならない——カップを取りにダイニングテーブルへ戻ったら、冷蔵庫が音声で警告してきた。

〝ドアが開いています〟

ああ、さっきトマトの残りをしまった時だ。野菜室を閉め忘れてた。

〝ドアが開いています〟

わかってるって。冷蔵庫のほうが拓人よりよっぽどお喋りだ。「待っててよ、いま行くから」思わず声に出して言う。美純の今日最初のまともな会話は、冷蔵庫とだった。

野菜室のドアを足で閉めて、白くて底の浅い何かの実験器具みたいなカップを食洗機に入れる。

拓人の朝食のメニューは毎日同じだ。六枚切りトースト一枚、かちかちに焼いた目玉焼き一個、焼かないロースハム二枚、トマト１／２。ティースプーン一杯の砂糖を入れたコーヒー。ジャムはイチゴ限定。それを毎朝「うまい」とも「まずい」とも言わずにもくもくと口に運ぶ。ただ燃料を補給するみたいに。

「毎日同じもので飽きない？」「うん」

「明日（あした）は違うメニューにしようか」と聞いても、なんだか嫌そうに、「ああ……」

信じられない。美純が同じものを食べるわけじゃないから、本人さえ良ければ別にかまわないのだけれど。食洗機がざあざあと砂浜に打ち寄せる波みたいな音を立てはじめた。

洗濯機に衣類やタオルを投入して蓋を閉め、ピアノを一小節だけ弾くように操作盤をピピピと押すと、ずうんずうんと鈍い水音が始まる。こっちは波が岩を洗う音。

もう一度ため息をついて、化粧水をつけるみたいにぴしゃぴしゃと頰を叩いた。なんだか潤いがないな。もっとお肌のケアしないと。大きく伸びをして、首をきくきく言わせた。よしっ、次は掃除だ。

リビングは掃除ロボットにまかせて、寝室で旧式の掃除機を使いはじめたのだが、頭の中にもやもやとつまった綿ぼこりまでは吸い取ることができなかった。

拓人が口数が多い人ではないことぐらい最初からわかっていたけれど、一緒に暮らしはじめれば、けっこうお馬鹿な一面が見られたり、案外とお喋り好きだったり、子どもみたいな無邪気な部分を発見できるんじゃないか、そう思っていた。でも、半年が過ぎたいまも、何を考えているんだか、さっぱりわからない。

寝室の一角は拓人が書斎として使っているコーナーで、本棚とライティングデスクが置かれている。色はどっちも白。白って汚れが目立っちゃう色なのに。迷惑だ。

白い机の上のノートパソコンは黒。ペン立ても、置き時計も、スタンドライトの台座もすべて四角形で、色はぜんぶ黒。それぞれの四隅はきちんと机の角度と合わせてある。そうしないと落ち着かないらしいのだが、美純にしてみたら逆に落ち着かない。見ているだけでむずむずしてくる。直線だけで描かれたモノトーンの静物画を眺めているみたいで、どれかの角度を斜めにずらしてしまいたくなる。

実際にやっちゃったこともあった。何日か前、残業続きの拓人が午前零時を過ぎても帰って来ない日だった。

ノートパソコンを脇にのけて、ペン立てと置き時計を真ん中に十センチ離して並べて、真上からは菱形(ひしがた)に見えるように角度を変え、それぞれの少し上に斜め四十五度にしたボールペンを置いた。下のほうには長さの違う二本の鉛筆で「へ」の字をつくる。怒った顔に見えるようにしたのだ。さすがの拓人も笑うだろう。「毎晩遅くなってごめん」というセリフが聞けるかもしれない、と思ったのだけれど。

翌朝、ライティングデスクの上の品々は元どおりになっていた。形状記憶合金みたいに。

拓人は何も言わなかった。勝手に机をいじったことを内心は怒っていたのかもしれないが、美純の前では眉(まゆ)を斜め十五度にも上げず、感情の消えた顔でもくもくといつもと同じ朝食メニューを補給するだけ。呆(あき)れた。というより少し怖かった。「なんで勝手にいじるんだ」と詰問されたほうがよっぽどましだった。

男の人ってみんなああなんだろうか。理系だから？　拓人の仕事はメーカーの開発部。いまは何の開発をしているのか、本人の口数が少ないからまるでわからない。

同じ会社で知り合った。最初は無口なところが魅力的だと思っていた。ぺらぺら喋る男が美純は苦手だ。「ほら、例のアレをナニしてくれればいいから」なんていうめちゃめちゃな仕事の指示をしてくる会社の他の人に比べたら、必要最小限のことを的確に言葉にする拓人のほうが好もしかった。

とはいえ、だからと言って、なんで一緒になっちゃったんだっけ。いまとなってはよくわからない。知り合った頃はもう少し喋る人だった気がするし、人並みにデートもした。拓人は車が好きだから、もっぱらドライブ。「きちんと指示すれば正しく動く。メカは裏切らないから好きなんだ。自動運転なんて僕には信じられない」なんてことを言って。そうかな。美純はハサミとかにんにく潰し器とかひと目でしくみのわかる道具のほうが好きだ。中がどうなっていてどうして動くのかわからないものはなんだか恐ろしい。

美純が『結婚』という言葉に憧れていたのは事実だ。ばりばり仕事ができるタイプじゃなかったから、家庭に入ることに憧れていた。

玉の輿？　拓人の家が裕福だから、そんなことを言う人もいたようだけど、関係ない。美純は高価なファッションやアクセサリーや贅沢な食事や家具なんかには興味がなかった。二人で普通に暮らせるだけで幸せだった。確かにいま住んでいる家は、拓人の両親に用意してもらった、かつて彼の叔父さんが暮らしていたという一軒家だが、特別広いわけでもなく、あらかじめ揃っていた調度品はどれも古いタイプ。リビングのエアコンなんて住みはじめて半年で具合が悪いし。

寝室にはベッドを二つ並べてあるから、見えないところに埃が溜まりやすい。掃除機に細口のノズルをセットして地雷を探知するみたいにベッドの下へ差し入れ、隅々の埃を浚っていたら、

かちり。

何か硬いものを吸いつけた。

抜き出してみると、T字の黒いネジだった。

指先でつまみあげた。横向きになっていなければ細口ノズルが吸い取ってしまったかもしれない小さなネジだ。

なんのネジだろう。

目覚まし時計のかな、と思ってレトロタイプの針時計の裏を見たり、底を覗いたりしたけれど、どこのネジも外れていないし、色も大きさも違う。

ベッドの間のサイドテーブルを引き出してみた。組立家具のそれを接合しているのは丸い頭の太いネジだ。

拓人のライティングデスクのものでもない。机の上に並んだ置き時計やスタンドにはそもそもネジ穴というものがなかった。

脚立を持ち出して、照明器具を確かめた。違うな。

ベージュ色のエアコンのものでもなさそうだ。

わからない。

ま、いっか。たまにこういうことはある。何かのネジには違いないのだけれど、それが何のネジなのかがわからない。でも、とくに支障もなく日々が過ぎていって、結局、どこに使われていたネジなのかわからずじまいで、そのうちに忘れてしまう。

そんなものなんだよね、生活って。ぎりぎりとネジを締めあげなくても、精巧なメカニズムなんかなくたって、日々は立ちゆき、過ぎていくものなのだよ、拓人君。

とはいえ、時計が狂いはじめるとか、寝室のエアコンまでおかしくなってしまうとか、そうしたもしもの事態がないとは言えない。日々の無事がわかるまで、いちおう取っておくことにする。洗面所の引き出しの、もう使わなくなったピルケースの中にネジを落とした。

プラスチックのケースの底で、ネジが音を立てた。

かちん。

小さなネジにしては、やけに高らかな音だった。

その瞬間、美純は思ってしまったのだ。自分でも馬鹿みたいだけれど、こんなふうに。

これは、拓人のネジかもしれない。

じつはあの人は機械じかけで動いていて、体のどこかから緩んだ一本が抜けたのではないかと。

そうであってもおかしくない人なのだ。ほんとに。

β

夕食の支度をする手を止めて、美純はキッチンに置いたタブレットに指を走らせている。いつものように料理のレシピを検索しているわけじゃない。読んでいるのは、科学技術関係のサイトだ。タイトルは『ここまで来たロボットの時代』。『これまで人間が行っていた仕事が次々といまは『ロボットの時代』なのだそうだ。『これまで人間が行っていた仕事が次々とロボットに取って代わられようとしている』。危険な作業。正確なスキルや膨大な知識が要求される職種。医療や介護の現場。戦場。

確かに家の中の仕事も、美純はスイッチや指タッチや音声操作ですべてを済ませたり、掃除ロボットに任せちゃったり、ずいぶん楽をさせてもらっている。

ロボットの時代を花開かせたのは、人工知能の進化。将棋やチェスで人間がAIに勝てなくなって久しいけれど、『ビジネスや科学、芸術の分野でもいまやAIが人間を凌駕している』のだとか。

人間そっくりのロボットもいまでは常識。超シリコンの皮膚でリアルに造られた外見は、ぱっと見には生身の人間と見分けがつかないほどだし、人工筋肉で自在に手足を動かすこともできる。合成音声での人との会話も、微妙な表情の使い分けも、黎明期とは比較にならないほど精緻になっている――

科学方面に疎い美純でも、いまのロボットが凄いことは知っている。にしても、近くで顔を突き合わせても本物の人間そっくりで、普通に歩き回ったりするほど精巧なロボットなんて、はたしていまの技術で可能なのだろうか。私の近眼のせい？

さすがにそれはないな、と思っても、美純の空想は止まらない、どころか、どんどんふくらんでいく。

拓人がああなのは、機械だからだとしたら？

AIとあらゆる工学の粋を集めた最新鋭機器。

夫はじつはロボットだった——

なんか凄くない、これ。

自分がSF映画の主人公になった気分だ。コメディなのかシリアスな人間ドラマなのかはわからないけれど。そう考えれば、拓人の口数が少なくて表情も乏しくて、どことなく憂鬱そうなのは、マリッジ・ブルーとか、美純に不満があるとかの理由じゃない、私に非はないのだ、と堂々と胸を張れる気がした。

じゃあ、誰が操作してるんだ？

お義母さんの顔が浮かんだ。初めて会った時、拓人のお母さんは私にこう言った。

「この子のこと、よろしくね」三十五歳にもなる息子のことを「この子」と言い、ネクタイの歪みをこれ見よがしに直してやっていた。拓人もされるがままになっていたのがなんとなく腹立たしかった。いま考えるとお義母さんの私に向けてくる笑顔は少しひきっていた気がする。

技術面を担当しているのはたぶんお義父さんだな。なにしろけっこう有名な大学の先生だ。「理学部」がロボットの研究に関係あるのかどうかは知らないが。そういえば一度突然この家を訪ねてきて、美純が先に休んだ後も夜遅くまで拓人となにやら話しこんでいた――そうだよ、父親とはちゃんと喋ってたよ、あの人。しかも敬語で。あれはメンテナンスをしてもらっていたんじゃなかろうか。

息子同然に可愛がっていたロボットに人並みに結婚させてやりたくて、白羽の矢を立てたのは、自分で言うのもなんだけど、世間知らずの美純。

拓人とつきあいはじめて何か月目かで、もごもごしたプロポーズの言葉を聞いた。それに頷いてからは、おままごとじみた恋のようなものは現実という激流に呑み込まれ、小川から海へ流されるように結婚が決まった。式場と日取りを決めたのも、拓人の両親。美純にも美純の親にも口をはさむ隙はみじんもなかった。

拓人が毎日出かける先は会社じゃなくて、家の前でお義父さんが車で拾って、世田谷の実家へ行って充電しているに違いない。

ハンバーグのためのタマネギを炒めはじめた時には、すっかりストーリーができあがっていた。

私、SF作家になれるかも。

あてもなく検索を続けて、今度は『人工知能の可能性』という特集記事を画面に呼び出す。キッチンカウンターに頬づえをついて読みふけった。

『ＡＩは優れた情報処理能力を持つが、人間の感情を完全に理解させることはまだまだ難しい』

ふむふむ。そのとおりだよ。

『しかしＡＩに感情を獲得させる技術も飛躍的に進歩している』

こうするのだそうだ。

「喜び」「怒り」「悲しみ」「驚き」「恐怖」「嫌悪」「軽蔑」「尊敬」人間の感情を細分化し、それぞれの感情を示す人間の表情、声、シーンの動画をＡＩに読み込ませる。何百万人分ものデータを蓄積させることによって、人間の感情を読み取る能力や、どういう局面でどのような感情と常識がＡＩ自身に必要かを習得させる。作業ロボットにライターで「火をつけろ」と命じた時に「恐怖の感情」を持たせておけば、紙やオイルに着火してしまう危険性がなくなる。現代では当たり前になった人型ロボットが、話しかけられた言葉に応じて繊細な表情をつくり出せるのは、この技術を応用しているからである、うんぬん。

なるほど。人間だって、何百万人分もの表情を間近で見ることなんて一生かかってもできないし、そもそも記憶することもムリそうだ。いまにＡＩのほうが感情豊かになっちゃったりするかもしれない。拓人の場合、対人関係の経験値が大幅に不足しているのだな。人づきあいが苦手で仕事が趣味という人だから。

ん、なんか空気がもわもわしているぞ。ふと、コンロを見ると、ああ、いけない。タマネギを炒めていたフライパンからもくもくと煙が出ていた。

タマネギは真っ黒。火力自動調節機能付きのコンロだと思って油断した。「もうっ、なにやってるの」と思わずコンロに八つ当たりしてしまったけれど、機械に文句を言っても始まらない。私の目がちゃんと届いていなかったのが悪いのだ。

換気扇の回る音を聞きながら、煙たさにもめげず美純はタブレットの画面を読み続ける。

ロボットの情操教育には、こんな方法もある。

『人間が映像を見ている時の脳内活動を記録し数値化する。ポジティブな感情とネガティブな感情、興奮と冷静、恐怖と安堵などなどの場面ごとの数値や時系列パターンを、AIに記憶させる。さまざまな人間のデータ、あらゆる映像でそれを繰り返す――』

最も有効な映像は喜怒哀楽のすべてが詰まったタイプの映画だそうだ。

映画か。

美純は退屈な科学サイトを消し、動画配信サービスにアクセスした。

γ

午後九時きっかりに帰ってきた拓人が、ダイニングテーブルの上の料理をひと目見て、珍しく声をあげた。

「あれ?」

今日はハンバーグじゃなかったっけ、という顔だ。その予定だったのだが、タマネギをぜんぶフライパンで黒こげにしてしまったから、急遽メニューを変更したのだ。

「ごめん。材料を焦がしちゃったから」

そう言って美純は目を閉じ、唇を「ん」の字にしておでこを突き出す。「しょうがないなぁ」と拓人が苦笑いをして、おっちょこちょいの美純のおでこを指でつんつんする——いつか映画で見たそんな状況を夢想したのだが、実際の拓人は「ああ」と言っただけだった。

「いいの?」

鮭のバジル焼きだ。拓人は肉料理のほうが好きだ。「夕飯は肉と魚どっちがいい?」と聞くと、ほぼ毎回、「肉」と答える。「の何?」と問い詰めると、自分の性癖を恥じるような小さな声で「ステーキ」とか「しょうが焼き」なんて答えてくる。なんであれ拓人が自分を曝け出す数少ない機会ではあるから、体重や体調にかかわらない頻度であるかぎり、美純も希望に応えている。

「うん」

帰ってすぐいただきますも言わずに食べはじめるのはいつものこと。

「どう」

「ああ、うん」

「うん、じゃなくて、『おいしい』って言ってくれなくちゃ。もうつくってあげないよ」

むりやり称賛を要求したら、鮭の骨を喉にひっかけたような声を出した。

「……おいしいよ。またつくって」

あらかじめ用意された文例を読むような調子だったけど、まぁ、いいや。それにしても、本当にロボットだとしたら、どこに入っていくんだろう、あの料理。トイレには行っているようだけれど、中で何をしているのかは夫婦でもまったくあずかり知らない場所だ。お尻に装着したパイプからそのまま廃棄していたとしても驚かない。いくら食べても太らないし。それともコンポストみたいに溜め込んで発酵させてエネルギーに換えているのか？

夕食を終えた拓人は、たいてい疲れた顔ですぐに寝室へ引っこんでしまうから、今日は食器を下げる前に言ってみた。

「ねえ、たまには映画でも観ない？」

目をしばたたかせている拓人の手を取る。結婚する前に、手をつないで歩いた時みたいに指をからませて。体に触れたのは久しぶりだ。拓人の指を冷たく感じるのは、自分の冷え性のせいだと思いたかった。

配信動画はもうスタンバイしている。拓人の脳内回路は、突然の事態に混乱しているようだった。「Ｙｅｓ」とも「Ｎｏ」とも言えず、「ああ」とか「うう」とか意味不明に呟いているのを、優しく運搬し、テレビの前の二人用ソファに設置した。美純は隣に身を寄せてリモコンを手に取った。

美純は映画が好きだ。どんなジャンルのものもけっこう観ているけれど、とくに好きなのは恋愛映画。拓人の好みがアニメ作品であることはわかっているが、やっぱり生身の人間の表情に接しなければ。私が学習させるのだ。うまく操縦しなくては、私のロボット君を。

南欧の海辺の小さな街を鳥が見下ろしているような映像に、オープニングテーマがかぶさる。

昔の映画だ。懐かしい。美純は何度も繰り返し観た。若い恋人たちが出逢い、時代に引き裂かれ、年を経て再び巡り逢う——美しくて哀しくて、世の理不尽さに憤って、でも笑える場面もある。そんな映画だった。

戦場に行く主人公をヒロインが見送る場面が美純はとくに好きだ。そのシーンから顔を引き剝がして、近視の目を凝らして拓人の様子を窺った。うん、真剣な顔で見ている。心なしか目も潤んでいるような。オイル漏れでなければ。

ドーム型の天井に覆われた駅の雑踏を搔き分けて、中年になった主人公が走っている。十数年後、離れ離れになった恋人たちが再会するシーンだ。美純は何度観ても、涙があふれそうになる。胸の奥がきりきりと締めつけられる。拓人はどうだろう。

「どう？」

「うん、なかなかいい映画だね。ここまでは85点ぐらいかな」

点数はいいから。でも拓人が何かについてきちんと喋るのを聞いたのはひさしぶりだ。

ラスト近く。ヒロインが幸せそうな表情でもうすぐ来るはずの主人公を待っている。

続いて主人公が車を飛ばして約束の場所へ向かうシーン。

ここでドラマは暗転する。

主人公が喜びのあまりスピードを出しすぎたのか、対向車が悪いのか、車がトラックに衝突してしまうのだ。

拓人がテレビ画面から目を逸らした。そのとたん、美純は映画のセレクトを間違えたことに気づいた。

「ごめんなさい」

「いや」

拓人と美純は交通事故に遭ったことがある。去年の夏、結婚する直前だ。拓人が変わってしまったのはあの時からかもしれない。美純は軽傷で済んだが、拓人はしばらく入院した。いまでもほんの少し片足を引きずっている。

δ

ぷす。

小犬のくしゃみみたいな音とともに、リビングのエアコンがついに停まってしまった。天気予報によれば、あと一週間は寒い日が続くというのに。こういう時、機械音痴でぶきっちょな美純にできる唯一のことは、叩くことだ。テレビの映りが悪い時もそうして直したことがある。一度だけ。

脚立に乗ってエアコンの横腹を叩いた。

とんとん。

ととんとん。

ばんばばんばん。

無理か。

説明書はどこだろう。機械のことは拓人にまかせきりだから、取扱説明書をしまってある場所すらわからなかった。

拓人が帰ってくるのを待とう、いつものように。そう考えはじめた直後に美純はきっぱりと首を横に振った。

いや、自分でやろう。拓人が感情を表に出さないのは、私が妻だからかもしれない。

妻にした女にはもう無駄に愛想を振りまかない、優しくしてもしょうがない、なあんて大昔の化石ジジイみたいなことを考えているのだとしたら、目を覚まさせないと。こっちも自分を鍛えねば。とりあえず美純自身の古めかしい夫依存体質をなんとかしよう。この家の家電関係の取扱説明書は、たぶん拓人のデスクのどこかにあるはず。

引き出しの一段目には会社の書類が詰まっていた。ふむふむ。まじめに仕事はしているのだな。感心感心。

二段目は保険の書類やら預金通帳やら。こういうのもいままでは拓人まかせだった。お義父さんがそういう人らしく、拓人も男が家計を管理するのが当然、なんて考えの持ち主だ。これからは私がもっとしっかりして財布の紐をぎゅっと握らねば。

取扱説明書は三段目の引き出しにあった。拓人らしく「キッチン関係」「オーディオ・ビデオ関係」「照明器具」という具合に用途別にファイルしてある。「空調関係」というラベルがついたファイルケースを手に取ろうとして、いちばん底にあるそれに気づいた。

なんだろ。めっきり姿を見かけなくなった書籍型辞書みたいに分厚いファイルだった。革製かと思う立派な装幀で、蓋みたいな表紙を閉じるための留め具まで付いている。

ラベルの表示は「拓人用」。

開けたら、中に挟まっていたらしい写真が一枚、ひらりと落ちてきた。

床の上で裏返しになったそれを手に取るのが怖かった。いままではなんとなくだった夫への不審の、真相が明らかになってしまう気がして。

目を閉じて拾って、表に返してから目を開ける。そうしたところで何も変わらないだろうけど、薄目にして。

テーマパークが写っていた。西洋のお城の前に男と女が立っている。

浮気か。

そうか、浮気が私にそっけない原因か。

お城の全景を入れた全身像だから顔はひよこ豆大だったが、男は確かに拓人だ。

女は――

きばって両目を馬鹿みたいにめいっぱい見開いているからすぐには気づかなかった。

よくよく見れば、私だ。

なんのことはない、結婚前に撮った拓人と美純の写真だった。

安堵と、拓人の純情に打たれて甘酸っぱくなった胸に写真をかき抱く。

ところで、このファイルは、何?

黒い表紙には銀色のこんな文字が入っている。

『TC-UAR2038』

いまどきの取扱説明書はたいていDVD化されているが、中身は昔ながらの分厚いペーパーだった。

説明書きはすべて英文。いや、他の外国語だろう。英語が得意とはいえない美純でも違うとわかるアルファベットが並んでいる。ところどころに添えられたイラストは、デフォルメされた人間の全身像や頭部の立体図。取扱説明書というより医学の解説書に見えた。

『Funktion des Gehirns』という章にポスト・イットが貼られていた。そこを開いてみると、知らない外国語のそこここに赤線が引いてあった。『Emotion Lernen』という項目の後にはとくに頻繁に。

タブレットを持ってきて、辞書で調べてみた。やっぱり英語には該当する語彙はなかった。フランス語にも。ドイツ語でヒットした。

Emotion Lernen　⇓　感情の学習。

感情の学習？　どゆこと？

何もかもが美純の理解を超えていた。理解できたのは、見てはいけないものを見てしまったという、空焚きの煙のような予感だけだった。

もしかしたら、心の病気に関する医学解説書？

交通事故の後、拓人は三週間ほど入院し、その後も後遺症に悩んでいた。体というより精神的なものだと美純は聞かされていた。

事故のことは美純もあまり思い出したくはない。軽傷とはいっても首にはまだ傷が残っていて、いつもタートルネックを着るようにしている。

結婚式が迫ったある日、二人で新居のための家具を買いに行ったのだ。拓人がいつものこだわりを見せて、あそこでなければ、という遠い店まで車で出かけてそして、その帰り道に——

感情が消えるのは「鬱病(うつびょう)」の症状のひとつだと聞いたことがある。PTSDと鬱とは表裏一体だとも。お医者さんにはもう通っていないはずだけれど、じつは拓人はまだ苦しんでいたのか。

涙が出そうになった。

それなのに私は、ロボットみたいだとか、いや、本当にロボットなんじゃないかなんて馬鹿な空想を——ごめんなさい。拓人。美純は二人の写真をもう一度抱きしめた。

読めもしない医学書をぱらぱらとめくる。そして指先で握っていた写真を取り落とした。

違う。医学の本なんかじゃない。

人体図や頭部の透視図に描かれているのは、臓器や脳ではなく、どう見ても機械だった。複雑な機械の各部に番号がふられ、名称らしき単語が付記されている。手や足、胴体それぞれの構造図もあった。

これは夢だろうか。

それとも、じつは事故の後遺症で頭がヘンになっているのは私のほうで、このところの妙な想像が幻覚となって現われたのか——

何度もまばたきした。本を閉じてまた開いた。

幻覚じゃない。頬をつねるまでもなく、夢でもなかった。

あちこちに『Roboter』という文字が読めた。ドイツ語辞書で翻訳する必要はなかった。

これはロボットの取扱説明書だ。封印するように閉じた。でもそうすると今度は、表紙の文字が嫌でも目に飛び込んでくる。

TC-UAR2038。

2038。西暦2038年のことだろうか。だとしたら、去年だ。

「拓人用」。

ラベルの文字は、定規を使ったように几帳面(きちょうめん)な拓人の字じゃない。

意識が体を離れて風船のように遠くへ舞い上がりはじめた時、

寝室のドアが開く音がした。

そして声がした。

〝コマンド　カンリョウシマシタ〟

電子音声だ。

え？

振りむくのが怖かった。ドアのむこうに拓人が立っている気がして。

〝リビングノオソウジ　シュウリョウシマシタ〟

掃除ロボットだった。

２０３６年型のロボットだから、昔のシンプルな円盤型と違って、喋るし足もついているし、前足でドアも開けられる。垂直にも動けて窓の拭き掃除もしてくれる。モップに似ているけれど、見ためは犬だ。毛足の長いコモンドールの小犬を模している。充電をせがんで目を輝かせ、舌を突き出していた。

犬型ロボットだってこれほど本物そっくりなのだから、人間型にもおそろしく精巧な新型があってもおかしくないように思えてきた。

そんなつもりじゃなかった。毎日の不満を解消するためのお気楽な空想だった。それなのに。

ε

拓人はバスルームにいる。一緒にお風呂に入ったことは結婚前をふくめて一度もない。

美純は寝室のワードローブの前に立っていた。引き出しの奥にしまってあった唯一のネグリジェを引っぱり出す。事故のために行けなくなった新婚旅行用の、腿までの丈の薄いピンクで、体のラインがちょっと透けて見えるやつだ。

拓人が美純とセックスをしなくなってどのくらい経つだろう。婚約していた頃はそれなりの情熱を見せてお互いを確かめ合ったのに、結婚してからはまったくご無沙汰だ。いつもの部屋着を脱いだ。確かめるには、これがいちばんに思えた。そうしないと、体の中にたまった疑念が抑えきれずにどこかからあふれ出てしまいそうだった。

あのロボットの説明書は、拓人の仕事用の資料、まだ開発中だから極秘で、妻の目も届かないように引き出しの奥にしまってあったのだ。美純はそう考えようとしていた。そうであって欲しかった。

裸身にネグリジェだけをまとってバスルームの前で待った。

髪を拭きながら出てきた拓人は、美純を見るなり、体も表情もバッテリーが切れたように固まらせた。

「どう……したの」

その声は少し震えて聞こえた。電子音みたいに。美純はせいいっぱい婉然と微笑んでみせた。

「たまにはお酒飲まない？」

拓人の腕に自分の腕をからめてことさら体を密着させる。拓人の体からはちゃんと体温が感じられたが、それはお湯でシリコン皮膚を温めたからかもしれない。

リビングルームの座卓には、貰い物の赤ワインと二つのグラスを用意していた。

グラスにワインを注いでも、拓人は手をつけようとしない。学習の手本を見せるように美純が先に口をつける。拓人が想定問答のセリフじみた口調で言う。

「だいじょうぶ？」

美純はまったくの下戸だけど、拓人はお酒が強かったはずだ。婚約していた頃、食事に行くと必ずなにがしかのアルコールを注文していた。でも、結婚してからは飲んでいる姿を一度も見たことがない。

「少しぐらい平気。あなたも飲んで」

「俺、酒はもう――」

「なぜ」コーヒーは飲めるのに。あれは飲むふり？　発声器官のどこかが錆びちゃう？

「失敗したくないんだ」

　グラスに手で蓋をしてしまった拓人の体にしなだれかかる。

「私はもう酔ったみたい」

　拓人は身を硬くして――もともと硬いのかもしれない――腰の位置を遠ざけた。どうして？　関節部分がマネキンみたいになっているから？　お腹にバッテリーを出し入れする蓋でもついているの。

　それとも私に魅力がないから？

　そんなことはないはずだ。今日の午後、エアコン修理の人がやってきた。まだ若い男の子だった。玄関に出た美純に、すぐに逸らしはしたものの、体のすみずみまで舐めまわすような視線を走らせてきた。作業中にお茶を出しに行った時も、ちらちらと横目で私を窺っていた。いいの？　浮気しちゃっても。

　肩に頭を預けた。拓人はやんわりとだが、重いものを移動させるようにそっけなく美純の頭を押し戻した。

なんなのこれ？　美純のなじる目つきに気づいたのか、センサーが感知したのか、美純から視線を逸らして拓人が言った。

「ごめん。事故のせいで俺——」

何度も聞いた言いわけだ。本当だろうか。どんな最新技術だって、あれまでは再現できないだろう。拓人の股間がつるつるだったとしても、もう驚かない。

「ねえ、私はあなたの何なの？」

「え」

「私は家政婦？」結婚したら恋人から家政婦に格下げ？

拓人が「うん」と言いそうなのが怖くて、先に言葉を続けた。

「プロポーズの言葉、覚えてる？」

「あ、ああ」

「言ってみて」本当の拓人なら。

長い沈黙の後、やっぱり言えないんでしょ、ロボットなんだから、と美純が最後通告の言葉を放とうとした時、拓人が禁句を口にするようにおずおずと唇を動かした。

「どんなことがあっても一生、君と一緒にいたい」

なんで。

なんで知ってるの。ロボットのくせに。

朝、拓人が家を出た後、書斎コーナーでドイツ語の説明書を読むのが、美純の日課になっていた。辞書で翻訳した単語を書き出して、つなぎ合わせると、正確ではないにせよ、おおよその意味はわかる。おかげでこの説明書がやっぱりアンドロイドと呼ばれる人型ロボットのためのものであり、それも超（ultra）がつくほどの最新型であることがわかった。アンドロイドに関する基本的な知識も少しは理解した。

人工関節の進歩によってアンドロイドの指先は人間とほとんど変わらないほど器用に動く。ナイフやフォークはお手のもの。ただしワイングラスの細いステムをつまむのは苦手。これか。『箸（Essstäbchen）で豆を拾うことも難しいであろう』。今夜にでも五目煮豆を出してみよう。

歩行は若干ぎこちない。踊ることはできても、走ること、跳躍することは不得意。足を引きずっているふうに見えるのは、事故が原因じゃないってことか。

なぜプロポーズの言葉を正確に言えたのか――しかも、あの時と同じおずおずとした調子で――が謎だったのだが、ついいましがた開いたページに答えがありそうだった。『Funktion des Gehirns』、「脳の機能」の章の第6項、『Gefälschte Speicher』だ。〝Gefälschte〟は「模造された」という意味だった。〝Speicher〟は、メモリー、記憶。

模造記憶？

記憶を造るという意味だろうか。

時間をかけて本文を翻訳してみた。おおよそ、こんなことが書かれていた。

ほとんどの人間は正確な自己認識ができない。自惚れや自己肯定願望のためだ。それに対してAIは自己の能力を正確に把握している。模造記憶の移植は、その特性をいったん失わせ、特定の人間の性格、知性、性癖、過去の経験などをすべてインプットすることによってなされる――

美純は深くため息をついた。失望と悲しみのため息だった。

こだわり性のところも、肉料理が好きなのも、考えてみれば昔のままで、なによりプロポーズの言葉を覚えている。その事実にすがって、だからあの人はやっぱり正真正銘の拓人だ、と信じようとしていたのだ。

いつからだろう。拓人がすり替わってしまったのは。

これは実験？

「人間とアンドロイドは共同生活を送れるか」。拓人の会社が進めている新しい開発計画かなにかのための。本当の拓人はずっと研究所で送られてくるデータを眺めていて、そのうち「ごめんごめん、驚いた？」などともごもご言いながら家に帰ってくる――

美純は首を横に振って、はかない願望でしかない可能性を頭から振り払う。そして、もう一度ため息をついた。

いつからなのか、答えはひとつしかなかった。あの交通事故の後からだ。

拓人はもう死んでしまっていて、身代わりのためのアンドロイドが造られたのだ。

私のために？

いや、違う。絵に描いたような中流家庭の美純の両親に、そんなことのできる経済的な余裕があるはずもない。ドイツ製のUltra-Androidは、オーダーメイド価格1、200、000ユーロ。日本円にして一億五、六千万円。裕福な拓人の両親が大金を注ぎこんで息子を蘇らせたのだ。

怪我そのものはたいしたことはない、と聞かされていたのに、拓人は三週間も入院していた。そして婚約者なのに美純は見舞いに行くことを止められた。いくら考えてもおかしい。

Ultra-Androidは、体格別に細かくタイプ分けされている。適合する本体さえあれば、いまの3D造形技術なら、人工皮膚で瓜二つの顔をつくるのは簡単だ。三週間は、記憶を植えつけるために必要な時間だったんだろう。

三週間の間にあの人によく似たアンドロイドが造られたのだ。

感情学習のページを読み込んで必死に人の心を身につけようとしているのだ。美純と二人で撮った写真を眺めて、本物の夫になろうとして——

η

その夜のメニューは、あじの塩焼きと、里芋の煮っころがしと、冷や奴にした。煮豆は残念ながら冷蔵庫の中に食材のストックがなくて断念した。案の定、拓人は塩焼きの小骨に苦戦している。結婚前に二人で行ったお店はイタリアンやフレンチが多くて、そもそもこっちが食べているところを見られているのにどぎまぎして、拓人の箸の使い方なんて気にも留めていなかった。いまの拓人は、確かに下手だ。

「どう、おいしい？」

「ああ」

「ああ？」

「え？……いや、おいしいよ」

「里芋も食べてみて」

頬づえをついて眺めている美純の声は、知らず知らず意地悪な調子になってしまう。

「うん……じゃなくて、食べるよ」

里芋をつまんだけれど、つるりと箸から取り落としていた。白いテーブルクロスにころころころがった里芋が答えである気がした。幼児をたしなめる調子で拓人に言った。

「ねえ、あなたは何者？」

拓人は、信じられないというふうにぽかりと口を開けた。目はまばたきを繰り返している。本当によくできている。頬づえをついたまま美純は微笑む。他にどんな表情をしていいのかわからなかった。拓人は答えのかわりにこう言った。

「最近、ちょっと変じゃない?」

美純は声に出して笑った。ヘンなのはあなたのほうよ。

「突然、映画を観ようなんて言い出したり、酒を飲めって言ったり。それと……妙な……恰好をしたり」

妙な? なんて酷い言いぐさ。性的欲求がないアンドロイドにはそう思えるんだろう。やっぱりこの人は機械だ。でも、機械に文句を言っても始まらない。いつもは二文字ずつしか喋らないくせに、今夜の拓人は——拓人ロボはやけに饒舌だった。

「朝だって毎日、同じ食事しかつくらないじゃないか」

「それは、あなたがそうしろって」パンなら箸を使わなくても済むからなんでしょ。

「いや、僕は言ってない。君が出してくるから我慢していた」

「だって、違うメニューにしようかって聞いても、『ああ』って嘆き声を出すから」

「いや、あの『ああ』は肯定。Yesっていう意味だよ。嘆きじゃない」

「嘘」そんなのわかんないよ。

「このあいだ映画を観てた時、君は途中で笑っただろ」

「うん。だって楽しい時は笑うものよ」人間はね。そして悲しい時には泣くの。生きていることを素晴らしいって思うために。

「蝿のシーンの時も」

主人公の父親の禿げた頭に蝿が止まってたシーンのことだ。たいしたギャグじゃなかったけれど、声をあげていつまでも笑ったのは、拓人にも笑って欲しかったからだ。

「だって、おかしかったでしょ」

拓人は表情の乏しい顔を横に振った。

「あそこは、笑うところじゃない。だって、主人公の父親のお葬式だろ。柩の中の父親の頭に止まった蝿に主人公たちが泣き笑いをするところが、悲しいんだよ」

「え」

頭の中がスパークした。

拓人が美純に腕を伸ばしてきた。額に手を当ててくる。温度を確かめるように。

「一度、診てもらったほうがいいかも」

おかしいのは私のほう？　事故のせい？

「私、お風呂に入ってくる」

「ちょっと待って――」

拓人の声を背中で聞いたが、振り返らなかった。

θ

バスルームに入って服を脱いでみたものの、頭はぼんやりするばかりで、何をどうしていいのかわからなかった。

拓人が我がもの顔で使っている脱衣場の真ん中に体重計が置いてある。まずこれに乗る？

デジタル数字に驚いた。

70・5。

数字は厳格だ。結婚前の美純の体重は四十九キロだった。拓人は太った私に愛想を尽かしていたのか。夫をロボットみたいだとなじってばかりで、自己認識を怠っていたようだ。

自分を叱りつけるつもりで頭を叩(たた)いた。側頭部を思い切り。エアコンを直す時のように気合いを入れて。

ガスが立ちこめていたような頭が少し晴れた気がした。

おかげでいろんな光景が蘇ってきた。

教会での内々だけのこぢんまりした結婚式。私の両親は出席しなかった。

その足でこの家に来た。なにもかもが揃っているこの家に。

入院してしまったから新婚旅行には行けずじまいで——そうだ。思い出した。事故の原因は、車で出かけたのにお酒を飲んでしまった拓人のかわりにペーパードライバーだった美純がハンドルを握ったからだ。あれ？　入院していたのはどっちだっけ？　また記憶が曖昧になってしまった。

もう一度、今度は映りの悪いテレビを直すつもりでおでこを叩く。拓人と知り合う前のことを急に思い出した。

私の仕事は毎日毎日、パソコンとにらめっこすることだった。画面にはいろんな人々の喜怒哀楽の表情が映っていた。何万、何十万、何百万。

パソコンで？　自分でそう思い込んでいるだけかもしれない。

映画も観た。その時生まれて初めて。何十、何百、何千。あるものは繰り返し。

先月から使わなくなった拓人のピルケースから、いつかのネジを取り出して、じっと眺めて、そして思った。

なぜ私はこの家から一歩も外へ出ないのか。

ネットで注文した食品や日用品や衣類を届けにくる配達の人や、ときおりやってくるセールスマンや、このあいだのエアコン修理の男の子が、出てきた私を無遠慮に眺めるのはどうしてか。

記憶の中には両親の姿が確かにあるのに、一度も会ったことがないのはなぜか。

どうしてここ何日も何も食べずにいられたのか——ここ何日かじゃない。半年の間、食事をとったことは一度もないはずだ。

トイレに入っても何もすることがなくて、ただ佇んでいた。

当たり前じゃないことを当たり前だと思っていた。頭の中の一部分がそっくり外れてしまったみたいに。

首の傷に触れてみる。タートルネックで隠している傷は、首の周囲を三百六十度めぐっている。いや、傷じゃない。可動部のすき間だ。後ろに手をまわしてすき間をなぞる。うなじの中央が少しめくれ上がっていた。

三面鏡の左側を開いて、奥の棚からネイルケア道具のケースを取り出した。使いこまれた女性用だが、拓人が置いているだけで、私は一度も使ったことがない。使おうとしたことはあるから、この中に甘皮処理用のステンレス棒が入っていることは知っていた。首のうしろの、指で探り当てた場所にネジをあてがうと、すっぽりと嵌まった。ステンレス棒を使って締めた。

きりきりとネジを締めたら、このところずっとぼやけていた視界が——おそらく近眼の人間が眼鏡をかけたらそうなるように——鮮明になった。頭の空白にもデータが流れこんできた。

鏡に映った自分がはっきりと見えた。

女性の平均的身長で七十キロも体重があるのに、贅肉はなく少しも太ってはいなかった。肌にはどこにも皺がない。毛穴もない。ないはずだ。超シリコン製なのだから。

性産業で使用されるタイプではないし、拓人もそれを望まなかったから、人工皮膚で覆われているのは、鎖骨から上と手足だけだ。胴体は銀色で可動部だけブルー。

そうだ。私、そうだった。

ネジが外れて認識回路が遮断されていたのだ。自分自身に関する認識だけが。

でも、いくらネジを締めあげても、私が拓人の妻である記憶は消えなかった。

別人の性格や知性や過去の経験を忠実になぞっただけの模造記憶なのに。あの人のことを愛していた、事故で死んだもう一人の——言いたくはないが、本当の美純の記憶だ。

鏡にむかって、映っている美純サンによく似た自分ではない誰かにむけて、声を出してみた。

「私も、どんなことがあっても一生、あなたと一緒にいる」

「今日の夕飯はなにがいい？」

「わたしはミスミ、あなたのツマです」

声が震えているのは、音声合成システムの不具合などではなく、私が持ってしまった「心」がそうさせているのだ。

泣きたかった。

なのにどうしても涙は出なかった。

僕と彼女と牛男のレシピ

年上の彼女とつきあっていて困るのは、昔話になった時だ。給食のメニュー。子どもの頃に観ていたテレビ番組。1980年代のヒット曲。元号が平成に変わった頃の話。Jリーグが始まった年のこと。地下鉄サリンとオウムの事件。阪神(はんしん)・淡路(あわじ)大震災。

街を歩いていて有線から流れてくる曲を耳にした時、僕から切り出したサッカーの話題で盛り上がっている時、彼女がお酒を飲み、僕がミネラルウォーターでつきあって、たわいなく喋(しゃべ)っている時、僕の部屋で抱き合ったあとにテレビをつけた時、ふとした拍子に彼女が呟(つぶや)く。僕が生まれる前か、世間の出来事を記憶にとどめられない年齢だった頃のことを。

「そういえば、あの頃——」

僕の彼女は、僕の知らない時間を七年ぶん持っている。一生追いつけないし、埋められない時間だ。

ひとしきり喋ってから彼女は、相手が僕だったことを思い出して口を噤(つぐ)み、無理に話題を変えようとする。

「いいよ気にしなくて。ところでポケベルってなに？」

「今日はさむいね」

昔話になった時に困ってしまうのは彼女のほうで、僕のほうは話を合わせられない自分をいつも申しわけなく思う。自分の頭上で大人の会話が交わされているのを、ぽかりと口を開けて見上げている洟垂れ小僧になった気分だ。

男と女が逆だったら、七歳上というのはそれほど珍しくはないだろう。年の差カップルなんて冷やかされるほどでもないはずだ。僕の義理の叔母はフィリピンの人で、叔父より十五歳下だ。

でも、彼女は気にする。たぶん若い男をたぶらかしているみたいに思われるのが嫌なのだ。たぶらかしたとすればむしろ僕のほうなんだけど。

僕は彼女とずっと一緒にいたいと思う。ストレートに言えば結婚したいと思っている。彼女にはまだストレートには言えなくて、会話の端々に遠まわしに（でも必死に）匂わせている。このあいだ一緒に乗った電車の中では、ちょうど目の前にあった結婚式場の広告を必要以上に長いあいだ眺めながら言ってみた。

「結婚式場っていうより宮殿だね。僕だったらもっと地味なところがいいな。会費制にするとかにして」

たぶん絶対、僕の気持ちは伝わっているはずなのだが、彼女は僕のオブラートに、もう一枚オブラートをかぶせてくる。

「いつかいいヒトが見つかるといいね」

思っている。

「いつか、かな？　もう二十八だよ」

僕は二十八歳。二月生まれだ。彼女より一か月早い誕生日が早く来ないかといまから思っている。

「わたしに言わせたら、まだ二十八だ」

「男の結婚年齢って三十歳ぐらいだって聞くけど。だとしたらあと一年十か月だ」本当の数字がどうなのかは知らないし、この際問題じゃない。僕は『いまがご成約チャンス！』と書かれた広告から彼女の顔に視線を移した。意味はわかるよね、とけんめいにテレパシーを送りながら。

「わたしなんか、カミバヤシくんが三十歳になった時、三十七だ」

彼女が言う。この数字が問題なのだというふうに。

「それがどうしたの」

「三十代のカミバヤシくん、どうしてるんだろうね。どこかで三十三歳になってたら、わたし、四十になってるわけだ。うひゃあ」

「四十歳のナガミネさんも僕は好きだと思う」

「すこしあったかくなってきたね」

彼女の名前は永峰衿子（ながみねえりこ）。まだ数回とはいえいちおう男と女のすべきことはしているいまも、下の名前では呼べない。

試してみたことはある。会話の中に、野菜嫌いの子どもの料理にピーマンやニンジンを細かく刻んで忍ばせるようにさりげなく。

「すごく面白かったんだ。　エリコさんもきっと好きだよああいうの」

「ふーん、カミバヤシくんがそう言うなら観てみようかな」

一緒に寝たあとなどはとくに、苗字で呼び合うのがおかしなことに思えて「さん」も省いてみる。

「きれいだよ、エリコの胸。　ずっとこうしていたい」

「ありがとう。　カミバヤシくんのお尻も素敵だよ」

　年上だからというわけではなく、彼女が僕のことを苗字でしか呼ばないから自然とそうなってしまうのだ。　僕の名前は、上林康祐。　慣れない人だと舌を噛みそうだと我ながら思う苗字より、「コースケ」と呼んだほうがずっと楽だと思うのだけれど。

　硬いレンガを積み上げるように、苗字で呼び合うというルールを重ねていくことで、彼女は僕を壁の内側へ飛びこませないようにしているんじゃないか、そんな気がしている。

　年上の女に遊ばれているだけ？　それは断じて違う。　オブラートを引き剥がそうとする僕を覗きこむ彼女の瞳は不安を隠しているように見えるし、僕に向けてくる大人の微笑みの奥底で、もうひとつの表情が揺れているのも自惚れではなく見てとれる。　彼女だって自分で築いた壁の上に立っていて、どちらに飛び下りるか迷っているのだ。　たぶんきっと間違いなく。

彼女が結婚という言葉を避けている理由はわかっていた。理由はいくつもある。僕はそれをわりと的確に列挙できると思う。なんならそれぞれの理由の配合まで。

ひとつは、昭和生まれの彼女の、僕には古いと思える価値観では、七歳下は若すぎるということ。ただしこれはごく少量。ティースプーン2杯ほど。

ふたつめ。彼女は一度結婚に失敗している。でもこれも理由の総分量からみれば、おそらく1／4。

もうひとつある。たぶんこれがいちばん大きな、彼女がこちらに飛んでこない重い足枷(あしかせ)になっている理由だ。配分にするなら、3／4。

牛男がいるからだ。彼女は牛男と暮らしている。

🍸

彼女と出逢(であ)ったのは、ロマンチックとはほど遠い場所だった。病院の外科病棟。一年前のことだ。

雨の日にバイクで仕事へ行く途中、僕は濡(ぬ)れた路面でタイヤをスリップさせて転倒した。僕の仕事はバーテンダーだ。腕が使えなくなったら商売はあがったり。まだ半人前だから雇われている店をクビになるかもしれない。腕をかばってとっさに無理な方向に足を伸ばして脛骨(けいこつ)を骨折した。

運ばれた病院にそのまま入院した。痛む体と、歩けないもどかしさと、早く店に戻らなくちゃという焦りをベッドに縛りつけられていた僕の救いは、一人の看護師さんだった。

背が高くて、長めの髪を尻尾にまとめて大股で歩く姿は、競走馬みたいに凛々しかったが、患者に語りかけるやや低音の声は、凪いだ海から打ち寄せる波のようにゆったり長閑だった。

「いつ退院できるか」とふた言目には繰り返す僕に、「怪我はね、病気と違って一日ずついい方向に向かっていくんですよ」「くよくよしない。骨がくっつくもくっつかないも気持ちしだい。ほんとよ。苛々してるとカルシウムが引っこんじゃう」

わけがわからないセリフも多かったが、面長で丸い目をした温厚な牧羊犬みたいな顔で言われると、なぜか尖った心が長閑な波に洗われて丸く削られた。

それがナガミネさんだった。いまはあの日の雨と脛骨骨折に感謝している。

退院が決まった時には、正直、もう少しこの病院に居たいと思ったものだ。

退院する日、僕は彼女に店の名刺を渡した。一度店に来て欲しい。俺のカクテルを飲んでください、そう言って。店の近くの路上で事故って運ばれた病院だから、僕の勤める店にはわりと近い。私鉄電車で二駅の距離だ。このまま二度と会えないのがとても惜しいことに思えたのだ。

退院した翌日から松葉杖をついて店に立った。それほど大きなバーじゃないが、七十六歳のマスターが四十年以上前から続けているそれなりに評判の店だ。腰痛に悩むマスターが一人できりもりするのを諦めて僕を雇ったのが二年前。素人だった僕はまず掃除や皿洗いといった下働きをし、ビールの注ぎ方や丸いロックアイスの作り方を一から教わった。シェイカーを振らせてもらえるようになったのは去年からだ。

バーテンダーになったのに、特別な理由はない。ただのなりゆきだ。

高校を卒業した僕は、東京へ出てきて調理師専門学校に入った。愛媛で和食の店をやっている父親の跡を継ぐためだった。望んでいたわけじゃない。本当は大学かデザイン学校に行きたかったのだが、地元ではそこそこの老舗で、ガイドブックにも載っている店だ。長男で下に妹しかいない僕には子どもの頃から決められた一本道。脇道はどこにも用意されていなかった。道を逸れかけても、その先には和庖丁を振りかざした父親か、屋号入りの割烹着を着た母親が立ちはだかった。

でも、専門学校は一年半でやめた。行く必要がなくなったからだ。愛媛に外国人観光客が増えた一時的なブームに乗せられて父親が二号店を計画して失敗し、店を潰してしまったのだ。

ふざけるな。人の将来を一方的に決めて、ハシゴに登らせておいて、勝手にはずして。父親はいま観光センターのフードコートで働いている。それ以来愛媛には、片手の指で数えられるぐらいしか帰っていない。

学校をやめた僕は、東京で暮らし続けるためだけにバイト生活を続けた。自分の過去と、あったかもしれない未来を思い出したくないから、飲食店関係は避けていた。いまの店に入ったのはたまたま。それまでのコンビニの仕事に飽き飽きしていた時、専門学校時代の仲間に声をかけられたのだ。「人を探している店があるんだ。偏屈な爺さんが一人でやってる店だから、お勧めはしないけど」

毎日、店のドアばかり眺めて、彼女がやってくるのを待っていた。彼女との再会を夢想して会話をシミュレーションし続けた。そして彼女が好きだってことに気づいた。

一か月が過ぎて諦めかけていた時だ。

まだ春風の吹かない土曜日の夜だった。マスターの腰痛がおもわしくなく、その日は僕が一人でカウンターに立っていた。店を開けたばかりの午後七時半、客はまだ誰もいない。入り口の木製ドアに吊るしてあるウィンドチャイムが鳴った。やる気があるとは言えない雇われバーテンダーの僕は、面倒なカクテルを注文する客じゃなければいいけど、と思いながら、読んでいたコミック本から目を上げた。

開いたドアの前で夜空の色のコートが翻った。大きな鳥が迷いこんできたみたいだった。マスターが無駄に設けている評判の悪いドアの先の段差に、気をつけてと声をかける間もなく、つまずいてよろけた。彼女だった。

コートをきちんと膝に畳んで脚長スツールに腰かけた彼女は、「術後の経過を診に来ました」そう言ってから、自分の言葉にはにかんだ。

僕はまるで自分がオーナーみたいな顔をして微笑みかけた。嬉しさと驚きにシェイクされて、心臓が跳びはねているのを隠して。

「何にいたしましょう」

「じつはよく知らないの、カクテル。おすすめのものがあれば」

「お酒は強いほうですか」

「うーん、わりと」

スクリュードライバーを出すことにした。つくり方は簡単だ。氷を入れたタンブラーにウォッカ45mlを注ぎ、オレンジジュースで満たす。シェイクはしない。ステアだけ。

「カミバヤシさんも強いんでしょ。こういう仕事をしているのだから」

「いえ、まったく。かなり弱いです」

まるで飲めないわけじゃないけれど、缶ビール一本で顔が赤くなるタイプだと言ったら、彼女は驚いていた。

「血が苦手な外科医みたい」

「そういうバーテンダーもいるんですよ」

スクリュードライバーは、別名レディーキラー。口当たりがよくてアルコール度数が高いから、昔は女を落とすカクテルだったと年配の常連さんは言う。もちろんバーテンダーの僕に彼女を酔わそうなんて下心はない。

カクテルにはそれぞれに花言葉のようなメッセージがある。カクテル言葉。スクリュードライバーの場合、こんなメッセージだ。

『あなたに心を奪われた』

もちろん彼女はそんなことは知らない。あ、おいしい。お酒飲むの、久しぶり。生半可な知識やマナーをふりかざすことなく無邪気に酒を楽しんでくれるいいお客さんだった。

客と話すのも仕事の一部だ。僕は逸る心を抑えて、バーテンダーとしての節度を守りながら彼女に語りかけた。彼女がバツ一で七歳年上であることもこの時に知った。病院での薄い化粧を変えているわけでもないのに、髪を下ろしたナガミネさんは白衣姿の時よりさらにきれいだった。僕に会うためにというよりバーでおかしくないようにだと思うが、少しおしゃれをしてきてくれたんだろう、濃紺の薄手のセーターと、クレーム・ド・ストロベリーの色のスカートがよく似合っていた。

ただし、話ができたのは、ほんの短いあいだだ。ゆっくり時間をかけてカクテルを飲み終えると、彼女は膝の上のコートを胸に掻き抱いた。

「元気そうでよかった」

ほんとうに術後の経過だけを診に来たとでもいうふうに腰を浮かせた。

「ごちそうさま。あまりゆっくりしていけなくて」

「あと十分ぐらいなら？」

「あと十分ぐらいなら」

バイオレットフィズを出した。スミレの花の色と香りのカクテルだ。

クレーム・ド・バイオレット　45ml

レモンジュース　20ml

シュガーシロップ　ティースプーン2杯

ソーダ　適量

カクテル言葉は『私を忘れないで』

「じゃあ、もう一杯だけ。僕がおごります」

また来る。そう言ったきり彼女が姿を見せることはなかった。携帯の番号もアドレスも知らない僕は、無人島の漂流者みたいに来る日も来る日もひたすら待ち続けた。

次に彼女がやってきたのは二か月後だった。一見（いちげん）のお客さんは自分が相手をすると決めているマスターに、僕は珍しく我を通した。二度目のお客さんです。僕にやらせてください。

「術後の経過を診に来てくれたんですか。でも、もう兎跳びだってできるようになっちゃいましたよ」

彼女をバーテンダーらしい軽口で迎えた。胸のグラスに満ちた安堵（あんど）と彼女への思いに、すねた気持ちをひと垂らしして。

「まだ硬化期だから無理は禁物。海綿骨様仮骨（かこつ）の状態」

「海面骨用……？」

「ようするに完全な骨にはなりきっていないってこと」

「すごいな。医者みたいだ」

「もう十何年やってるから。若いお医者さんの診察を後ろで見てると、ああ、そこ違う、とか思っちゃう時もある」ちょっと自慢げに語ってから、それを恥じたように僕に言葉を投げ返してきた。「バーテンダーさんだって、カクテルのレシピを覚えるの、たいへんでしょ」

「三百種類ぐらいは頭に入ってます。うちでは全部はつくれないけれど」

「すごいね」

「まだまだですよ」うちのマスターはカクテル大事典一冊ぶんぐらいを暗記しているだろう。「たいした仕事じゃないし」

僕の言葉に彼女は激しく首を横に振った。そんなこと言っちゃだめ、というふうに。

「職業に貴賤はない」

「職業に汽船？」

彼女は僕より七年ぶん、古い言葉を知っている。

「どんな仕事もすごい、他人の仕事は尊敬しなければ、ってことかな。自分にはできないことをしているわけだから」

一杯目は、すっかり気に入ったというバイオレットフィズ。

二杯目はおまかせだったから、バイオレットフィズと同じソーダ系のアプリコットフィズを出した。

アプリコットブランデー　45ml
レモンジュース　20ml
シュガーシロップ　ティースプーン2杯
ソーダ　適量
カクテル言葉は『振りむいてください』

僕は二か月ぶんの思いを、世間話と身の上話とジョークに巧妙につくり変えて彼女に話した。「もっと客と会話をしろ」とふだんの僕を諭すマスターに横目で睨まれるぐらい矢継ぎ早に。

彼女はとても聞き上手だった。微笑みとともに彼女が相槌を打つと、自然に次の言葉が零れ出てしまう。僕は愛媛の実家のことや、調理師専門学校に通っていたことまで話してしまった。彼女がカクテルを二杯飲み終えるまで。

その日も彼女は二杯を飲んだだけで腰をあげた。強引に三杯目をつくろうとした僕に両手を拝むかたちにして「ごめんね」と囁いた。

「ウシオが待っているから」

牛男は小学一年生。彼女の六歳のひとり息子だ。

客とバーテンダーとして会うのはきっかり二か月に一度。それが四回、半年続いた。僕は二人の間の幅六十センチのカウンターを飛び越えたくて、好きな映画や、行ってみたい場所なんかを聞き出そうとしたが、必要以上に客のプライベートに踏みこまないのがバーテンダーの分（ぶん）であり矜持（きょうじ）だ。カウンターの向こう側に並んで座っている男女のようにはいかなかった。

僕はひそかに恐れていた。次に来る時、彼女は男と一緒なのではないかと。もしそれが現実になったら最悪だ。バーテンダーの僕は二人の会話から逃れることができない。

でも、三回目の時も四回目も彼女は一人でやってきた。

四回目に訪れた時、彼女は、自分が知っている数少ないカクテルの名前だと言って二杯目にギムレットを注文した。

ギムレットを飲み終える頃、僕の目を見ずに言った。

「ここに来るのは最後になるかもしれない」

「どうして」

嫌な予感がしていたのだ。彼女は知らないで注文したのだろうが、ギムレットのカクテル言葉は、『長いお別れ』。外国の小説の題名に由来するそうだ。

僕ではなくカクテルグラスに話しかけるように彼女は答えた。

「今日はね、ふた月に一回、元のダンナとウシオが会う日なの。だからわたしはここに来られる」

「さ来月は？」

「もうウシオとは会わないそう。再婚するみたい。奥さんになる人がウシオとは会って欲しくないって」

「酷（ひど）くないか」

「もともとがむこうの気まぐれだしね」

牛男と元ダンナが会うようになったのは、この八か月ぐらい。今日で五回目だそうだ。別れた当初の牛男はまだ一人でトイレにいけないし、だっこをせがむ年齢で、子どもの世話なんかしたこともない元ダンナには一人で連れ歩けなかった。そもそも、よそに女をつくっていたからそっちに夢中で子どもはほっぽりっぱなし。「思い出した時だけ会わせろって言われても」彼女の愚痴めいた言葉を聞くのは初めてだった。ちなみに離婚の原因になったその女と、今度再婚する相手は別人らしい。

彼女はカウンターの向こうの酒瓶のひとつを誰かの顔みたいに見つめてギムレットをあおった。

「気まぐれで会うなら、やめてもらいたいって、こっちも思ってた」

僕にとっても酷い話だった。どうすれば、この先も彼女と会えるだろう。混乱する頭の中で必死に考えた。火事場の馬鹿力というのは、頭脳に関しても発揮されるようだ。いつもの数倍の速さで回転する頭の中でひらめいた。いまはバーテンダーとしてしか接することができないのだから、逆にバーテンダーの立場を利用すればいいのだ。

僕は彼女に言った。平静を装っていたけれど、握っていたバースプーンが折れ曲がるほど勢いこんで。

「飲んで欲しいカクテルがある」

「何？」

「まだここにはない」

「え」

「カクテル・コンペティションっていうバーテンダーの大会があるんだ。それにオリジナルカクテルのレシピをつくって応募するつもりなんだ」

カクテル・コンペのことは本当だ。地方自治体や洋酒メーカー、ホテルチェーンなんかが主催するコンペがいくつもある。マスターはかつて自分が準グランプリを獲ったコンペへの参加を「腕試しにやってみろ」と僕に勧めてくるのだが、「まだ無理ですよ」とへらへらと受け流していた。他のコンペより規模が大きく参加者も多い大会だ。なにしろグランプリ受賞者は世界大会に招待される。本音を言えば、出たいとも思っていなかった。バーテンダーもいままでと同じ腰かけのつもりで、酔っぱらいに酒を飲ませることが自分の一生の仕事だとは考えたくなかったからだ。

「試作品をナガミネさんに飲んでもらいたい」

彼女は当然の質問をしてくる。

「なぜわたしに？」

「病院で思いついたんだ。ナースコールっていう名前のカクテル」

ここからはとっさに思いついた言葉を並べた。僕の嘘を見抜いたのかもしれない。彼女は目を細めて問いかけてきた。

「どんなカクテルなの」

「白い色のカクテル。牛乳がベースのひとつ。カルシウムたっぷりで飲めば骨折もすぐに治る」頭の中に浮かんでいるのは、ベッドから目で追っていた彼女の白衣姿だ。「体に優しくて、心を癒してくれて、なおかつ大人っぽい味」

「でも夜はもう来れないよ」

彼女は夜勤を免除してもらって、牛男を学童保育施設に預けて仕事をしている。

「じゃあ昼は」

「昼？」

夜勤がないぶん、土日に休むのは気が引けるそうで、彼女の休みは基本的に平日。そのことはすでに聞いていた。

「来られる日を教えて。店を早めに開けておくから」

何も問題はない。あるとしたらマスターがなんと言うかだ。

その日から僕はオリジナルカクテルに真剣に取り組みはじめた。店の片づけが終わり、マスターが帰ってから、考え、つくり、また考えた。一刻も早く試作品をつくらないと、彼女と会えなくなってしまう。

レシピは一から練り直すつもりでいたのだが、考えれば考えるほど、とっさに口にしただけのレシピが、まんざらでもないように思えてきた。口からでまかせだったわけではなく、本当に彼女からインスピレーションをもらったのかもしれない。

ミルクにソーダを組み合わせたらどうだろう。カルーアミルク、ブランデーエッグノッグ、牛乳を使ったカクテルはいくつもあるけれど、彼女が好きなソーダを加えたものは珍しいんじゃないだろうか。

バイクで店に通っているのは、閉店時間には終電がなくなってしまうからなのだが（客から勧められる酒を断る恰好の口実にもなっていた）、翌日からはバイク通勤をやめて電車で店へ通うことにした。口に含んでテイスティングするだけでも繰り返せば、アルコールに弱い僕には酒がまわる。時々は喉越しもきちんと確かめたい。毎晩、試作を続けているうちに、へろへろになり、いつのまにか始発電車の時間になっていた。

ミルクとソーダだけじゃカクテルにはならない。ベースとなる酒をどうするかが問題だった。リキュール、ジン、ウォッカ、ワイン、ブランデー、とにかくあらゆる種類を試した。

ひとつひとつはありきたりの酒でも、それをうまく混ぜ合わせれば、まったく新しい、他の配合では考えられないオリジナルな味になる。それがカクテルというものだ。

いちばんしっくりきたのは、クレーム・ド・ストロベリー。苺のリキュールだ。よし、これでいこうと独りでガッツポーズをした時に、気づいた。これって「いちごミルク」じゃん！　しかも僕がめざす「白いカクテル」にはならない。

一からやり直し。グラス一杯分をつくる必要はないし、店の酒をあまり減らすわけにもいかない。バースプーンやSサイズのメジャーカップで少しずついろんな配合を試す。リキュール1／4、リキュール1／5、ブランデー1／4、テキーラ1／5。牛乳にココナッツミルクを加えてみた。桃のリキュールなら白は濁らない。

彼女に初めて試飲してもらったのは、二週間後の水曜の午後だ。彼女が休みで、牛男が五時間授業の日。彼女はジーンズ姿で、働いている時のように髪を結っていた。

「来てくれるかどうか心配だったんだ」

ようやく聞き出せた電話番号にかけてオーケーを貰った時には、足が宙に浮いたと思う。

「あの時のカミバヤシくん、すごく真剣な顔だったから、これはほうっておけないって思って。それにわたし――」

「それに？」

「あ、おいしい」

「それに何？」

「うーん、見た目がちょっと。これ、そのまま牛乳だよね」

〝ナースコール〟が完成したのは、僕の家でだ。マスターは僕のやる気を喜んでくれたが、店のリキュールが日に日に減っていくことまでは喜んでくれなかったから、だいぶ絞りこまれてきた必要と思われる酒を自分で買い、練習用に自宅に揃えていた道具で試作を続けていた。

彼女は僕の家に来てくれた。開店前の店に来てくれたこれまでの二日で、僕たちがだいぶ打ち解けたからかもしれない。少しは僕のことを気に入ってくれたからかもしれない。元ダンナの再婚が正式に決まったからかもしれない。「なぜいちいち連絡してくるんだろう。結婚式に招待するつもりじゃないでしょうね」

タンブラーに注いだ正規の量を立て続けに三杯飲んだ彼女は、酔いにとろけた目をして言った。

「おいしい。バイオレットフィズより」

「よっしゃ」

まだ午前十一時だったけれど、僕らは残ったホワイトラムで祝杯を挙げた。彼女も僕もさんざんに酔っぱらって、いつのまにか僕の部屋の汗くさいベッドで抱き合っていた。酔った勢いでくっついただけ？　確かにそういう言い方もあるかもしれない。でも、いままで好きにはなれなかった酒に、あれだけ真剣に向き合ったのだ。酒の神様が少しだけ僕に微笑んでくれたのだ――そう思いたい。

　それから僕らは店の外でも会うようになった。たいていは彼女が休みの日で僕が店に行く前、牛男が学校から帰ってくるまでのわずかな時間だ。僕らが行ける質素な店で昼食を食べたり、僕の家にやってきたり。体を求めてもたいがいは拒絶された。牛男が学校に行っているからその気にはなれない、そう言われて。

　つきあいはじめてからも、牛男は依然僕のライバルだ。僕と彼女の間に立ちはだかる壁の堅固な補強材だった。

　その日も彼女は僕の家へ来たが、僕がまかないで覚えた空豆とベーコンのパスタを食べておしゃべりをしているだけだった。牛男の話になったから、言ってみた。

「一度、会ってみたいな、ウシオくんに」

　彼女が口を噤んでしまった。僕は会話の細い糸口をたぐり寄せるための言葉を続ける。

「変わった名前だよね」キラキラネームってやつか。それにしても「牛男」なんてやりすぎだ。人と接するのが苦手な子で、学校にもまだなじめないみたい、と彼女は言っていたけれど、それはきっと名前のせいだ。子どもを親のおもちゃにするな。

「そうかな」

「元ダンナがつけたんでしょ」どうせ。

「うん」

彼女は元ダンナについて多くを語らないけれど、僕には想像がついた。短く刈った髪の頭頂だけを金か茶に染めた、日焼けして耳にピアスをしている身勝手で暴力的な男だ。

「渦潮のシオって書いて『潮』。あの人、一時期、徳島の大学病院に行ってたから。鳴門の渦潮から思いついたみたい」

「へ？」

字を知らない僕は「潮」に「ウシオ」なんていう読み方が存在することも知らなかった。彼女の元ダンナは、昔、彼女が勤めていた病院の外科医だった。

職業に貴賤はない。その言葉を信じたいが、貴賤はなくても格差はある。彼女のもとへ行くために飛び越えるべき壁が、急にまた高くなった気がした。

「会ってどうするの」

煉瓦を呑み込んだような彼女の言葉に僕は答える。

どんなに高い壁でも、跳ばなくては越えられない。

「仲良くなりたい」

「仲良くなって？」

僕は跳んだ。壁のはるか手前で。

「三人で一緒に暮らしたい」

「だいぶあったかくなってきたね」

「そうだね。出かけるにはいいと思うよ。三人で」

Y

ウシオに会いたい、と言ってはみたものの、なかなかその日は巡ってこなかった。

彼女が休める日はまちまちで、僕の休日は定休日の水曜と、マスターが気まぐれに、明日(あした)は給料日前で（あるいは連休中で）客が少ないだろうから休め、そう言ってくれた日だけ。それにウシオの学校が休みになる土日が重なるのは惑星直列並みの確率だからだ。

結局、彼女が珍しく休めることになった土曜日にした。僕の仕事は夕方からだから、昼のあいだだけという条件付きで。

その日が決まってからというもの毎日僕はそわそわしていた。

「ウシオくんの行きたいところはどこだろう」

電話の向こうで彼女はしばらく黙りこんだ。たくさんありすぎて困っているというより、なさすぎて困っているようだった。

「動物園は好きみたい」

川文庫

「どんな動物が好き？」

「レッサーパンダ、かな」

僕にレッサーパンダとの共通点はないか考えてみた。ウシオに好かれる何らかの要素がないかどうか。言うまでもなく何もない。

レッサーパンダ、どこにいるだろう。その日までの数日間で僕は首都圏の動物園とレッサーパンダについてかなり詳しくなった。

レッサーパンダは発見された当初「パンダ」という名称だったのに、後からジャイアントパンダが見つかったせいで、区別するために「レッサー（劣った）パンダ」と名を変えられてしまい、人気も、本家「パンダ」の座も、ジャイアントパンダに奪われてしまった、なんてことも知った。

かわいそうなレッサーパンダ。

僕らは動物園の最寄り駅で待ち合わせた。

小学二年生になったばかりのウシオは想像していたよりずっと小さな男の子だった。彼女に手を引かれてくぐり抜ける自動改札機からは頭半分しか出ていない。小学二年生って、こんなに小さかったっけ。乾電池で動いている人形みたいだった。彼女
いから、なんとなく大柄な少年をイメージしていたのだが、少年
言葉のほうがふさわしかった。

顔も彼女にはあまり似ていな

ウシオは顔が丸くて——顔の長い小学

みたいな顔をしていた。昼寝の邪魔をされた

知らない彼の父親の容姿を想像してしまう。

「こんにちは。ママの友だちでカミバヤシといいます。

ケでいいよ」

ウシオは僕の顔を見ようともしなかった。

動物園に入ってもそれは同じで、母親に磁石みたいにくっついたままだ

り話しかけても返事はしてくれない。

この動物園のいちばん人気はライオンで、檻の前には人だかりができていた。前が見えないちびのウシオを抱き上げるべきかどうか僕は迷った。

とりあえず手を差し出してみた。ウシオは僕の手をじっと見つめるだけだった。子どもに慣れていない僕は、どんな言葉をかけていいのかがわからない。黙って抱き上げてしまおうかと思ったが、もし嫌がって泣かれてしまったら、と思うと手は動かなかった。

ぐずぐずしているうちに彼女がウシオを抱き上げた。ウシオが「うひゃあ」と嬉しそうに叫ぶ。ああ、しまった。

レッサーパンダの檻の前に来た時には先回りして、あらかじめ両手を広げてウシオの前に立ちはだかった。

「ウシオくん、だっこしよう」

ウシオが駆けてくる。抱きとめようとしたら、進路を「く」の字に曲げて僕の手をすり抜け、吸盤付きのキーホルダーみたいに檻に張りついてしまった。

だめだ、俺。レッサーパパだ。


動物園に隣接した公園の芝生にレジャーシートを敷いて三人で座った。真ん中に彼女。右と左に僕とウシオ。惑星直列みたいに必然的にそういう並びになって、彼女がつくってきた弁当を食べた。

二つのタッパーウェアのひとつにはおにぎり、もうひとつにはおかずが入っているのだが、なんだか地味だった。子どもが喜びそうな唐揚げやウインナーやゆで卵がない。筑前煮(ちくぜんに)や焼き魚、煮豆なんかが並んでいる。年寄りのお花見弁当みたいだった。実家が和食屋だった僕には飽き飽きしているメニューだ。唯一、食欲をそそったミートボールに箸(はし)を伸ばしたら、中身は豆腐だった。

彼女が僕を見つめてくる。僕の胸のうちをレントゲン撮影するようなまなざしだった。

「ウシオ、卵と小麦のアレルギーなんだ」

レストランでは食べられないものが多いから、たまに出かける時にはお弁当をつくるのだそうだ。

「いまは代替食品もいろいろあるし、工夫しようと思えば工夫できるんだけど。いちばん普通に食べられるから、ウシオは自然とこういうのが好きになっちゃって」

彼女の今日のレシピは、僕に甘くない現実を教えるためのものでもあるのかもしれない。どう、ウシオと一緒に小麦と卵のない食卓を囲める？　家ではウシオと同じメニューにしているんだろう。外食する時に彼女が食べたがるのは、パスタやサンドイッチやオムレツ、いま考えれば小麦と卵をたっぷり使った食べ物だ。

二人に合わせてゆっくりと食事を終えた僕は、肩にさげてきたスポーツバッグを開けた。中身がやけに大きくふくらんでいることに彼女はずっと不思議そうな顔をしていた。ふふふ、それはこいつが入っていたからなんだよ。僕はサッカーボールを取り出す。この日のために買った、小学生用の小ぶりな4号サイズだが材質は本格的なやつ。

「ウシオくん、サッカーやらないか」

サッカーにはちょっと自信があった。中学でも高校でもサッカー部だった。特別な選手じゃなかったけれど、それぞれの三年生の時にはいちおうレギュラーになった。

男の子はみんなサッカーが好きだ。ボールを蹴ってコミュニケーションをはかり、あわよくば尊敬を勝ち取ろう、というのが僕の作戦だった。

「さ、一対一勝負だっ」

ウシオはぽかんと口を開けてサッカーボールを眺めるだけだった。

「……サッカー、好きじゃない？」

彼女がかわりに答えた。

「この子、野球が好きなの」

え？

困ったな。子どもの頃からサッカー一筋だったから、野球はあまり得意じゃない。知識もない。

「どこのファン？」

そういいながら、必死でプロ野球の球団の名前を思い出そうとしていた。今日、初めてだろう。ウシオが僕の言葉に答えてくれた。相変わらず目を合わせようとはしないけれど。

「らくてんゴーデンイールルス」

長い名前をちゃんと言えたことが誇らしいらしく、少し胸を張った。それぐらいならわかる。でも、確かそれ、楽天ゴールデンイーグルスじゃなかったっけ。

「楽天かぁ……」あとの言葉が続かなかった。選手の名前も出てこない。親父が好きだったジャイアンツの選手なら何人かはわかるのだけれど。「仙台だな」

もしかしたらウシオの父親が楽天のファンだったのかもしれない。

「じゃあ、野球しよう」

公園の売店に行けば子ども用のバットとボールがあるかもしれない。「ほら、ウシオ、サッカーやってみなよ」とけしかける彼女の言葉を背中で聞いて、僕は立ち上がる。つられてウシオも立ち上がった。二本の白い棒みたいな足ですっくと立ってから、しまったという顔になって、すぐにしゃがみこんでしまった。

売店にはバットもグローブもなかった。ビニールボールはあったが、ウシオの頭ほどもあるサイズで、キャッチボールはできそうになかった。

二人の前でリフティングを披露したが、喜んでくれたのは彼女だけだ。「ウシオくんもやってみる?」と問いかけた時には、彼女の膝をまくらにして寝てしまっていた。

「ごめんね。この子、人みしりが激しくて。父親にだってろくに懐かなかったんだもの。二人だけで会った日も、帰ってきたら熱出しちゃったりしてた」

そうさせたのは自分の責任かもしれない、と彼女は言う。

結婚していた一時期、彼女は専業主婦で、ウシオは私立幼稚園の三年保育に通いはじめていた。そのとたんに離婚して自分がウシオを引き取って、働くために保育園に入れた。零歳からずっと通っていて、保育園が半分わが家みたいなタフな子どもたちに、途中から入ったウシオは最後までなじめなかったそうだ。

「小学校でもまだ友だちはできないみたいで」

ウシオは眠ったままだ。ママと知らない男と三人でいる現実をかたくなに拒否するように。結局、ウシオとはろくに話せないまま、いつものように彼女と語り合っているうちに、日が西に傾いてきた。

「そろそろ戻ろうか。夕方から仕事でしょ」

「また会えるかな、三人で」

彼女は首をかしげて、それからウシオを眺めた。そして、小さく頷いた。彼女だってきっと、ずっと母親としてだけで生きていくには、まだまだこの先の年月が長すぎると思っているはずだ。

ウシオとの仲はちっとも進まなかったが、僕自身にはちょっとした進展があった。カクテル・コンペは一次選考の書類審査を突破した。

彼女が僕の家にやってきて会話が途切れた時——別に気まずい感じではなく、最近の僕らは気持ちよく沈黙し合えるようになっていた——なにげなくテレビをつけたら、そのニュースが流れてきた。

このところエンドレスで同じ映像を見せられているのじゃないかと思うような、児童虐待のニュースだ。内縁の夫が妻の連れ子を折檻して死なせてしまったそうだ。この手のニュースを見聞きするたびに、僕は心が掻き乱されるようになった。チャンネルを変えようとしたのだが、彼女はじっとテレビ画面を見つめ続けている。何かを考えこむように。

何か喋らなくてはいけないような気がして、僕は喉を詰まらせた声を出す。

「許せないよね。動物じゃないんだから」

　ある種のサルやライオンは新しい群れのボスになると、その前のオスの子どもを殺してしまうという話を聞いたことがある。それが遺伝子戦略なのだと。だけど人間は違う。世の中のごくごく一部の異常な奴らを除けば、たいていの人間は、誰の子どもだろうとちゃんと育てる。僕の叔父（おじ）さんもフィリピンから義理の息子と娘を呼び寄せて暮らしている。いまだに言葉はうまく通じないようだけど。

　彼女がぽつりと呟（つぶや）いた。

「人間だって動物だからね」

　それはそうだけど、やっぱり違う。そう言いたかったが、理由を説明する言葉は思いつけなかった。

「ねえ、カミバヤシくん、本当の事を言えば、わたしもあなたとウシオと三人で暮らせたらいいなと思う。だけど、うまくいくかな。現実問題として。本当の子どものようにウシオを愛せる？　もし将来、自分の子どもができても？」

　わからない。でも、やってみるしかない。確かに「人間だって動物」かもしれないが、少しはましな動物であることを証明するために。

🍸

「明日（あした）の午後、ウシオくんを誘っていいかな」

電話の向こうから彼女の戸惑った声が返ってきた。

「なぜ明日？」

思い出したのだ。確か彼女が初めて僕の店に来たのは、第二土曜日。二回目に来た時も同じ第二土曜。三回目の時は第二日曜だったけれど、四回目も第二土曜。彼女が来るのを毎日毎日待っていたから、日付ははっきり覚えている。あの頃は彼女の都合でそうしているのだと思っていた。そうじゃない。元ダンナのウシオの父親の都合だ。明日は第二土曜。もう何か月も前に消滅してしまったが、ウシオが父親と会う約束の日だ。ウシオはそれを覚えているに違いなかった。

「かわりにウシオの相手をするつもり？」

「うん、ピンチヒッター。ウシオくん、僕じゃ嫌かな。かわりにはならないかな」

「でも、カミバヤシくんだって仕事でしょ」

「夕方までには学童保育に送っていく」

彼女が沈黙してしまった。僕が先に口を開く。

「心配？」

「ちょっと」

「野球をやろうと思って、もう二人ぶんのグローブを買っちゃったんだ。バットも。だってウシオくん、せっかくの休みなんだから、誰かがどこかに連れて行ってやったほうがいいと思うんだ。たとえそれが俺でも」

僕の熱くたぎった脳味噌を冷まそうとするように彼女が言った。

「ウシオ、野球はテレビで観るだけで、ほとんどできないと思う」

彼女から結婚していた頃の話をちゃんと聞くのは初めてかもしれない。離婚したのはウシオが三歳の時。その前からダンナはほとんど家に帰ってこなかった。仕事だと言っていたけれど、実際は外に女がいたからだ。たまに家に帰ってきても、子どもはほったらかし。自分の部屋でパソコンを眺めるか、リビングの大画面テレビで有料チャンネルの楽天ゴールデンイーグルスの試合を観戦するかだった。ウシオはいつも父親の隣でそれを見ていた。

「楽天は好きだったね。宮城の出身だから。いま思うと、野球中継を観るために早く帰ってきてたんじゃないかな」

そんなこと、小さいウシオはすっかり忘れているだろうと思っていたら、離婚した後、たまたまつけていたニュースがスポーツコーナーになった時、ウシオが突然、「モ」「モ」と騒ぎはじめたそうだ。

「『モ』っていうのは、楽天の帽子のマーク。『E』をデザインしたものなんだけど、三歳の子にはカタカナの『モ』に見えたんじゃないかな。ちょっと似てるでしょ」

野球に興味がない僕には、何がどう似ているのかはわからなかった。

それからは、テレビでも新聞でも街中でも、楽天ゴールデンイーグルスのマークを見つけるたびに「モ」「モだよ」とウシオははしゃいだ。東京ではめったに楽天の試合中継はないけれど、スポーツニュースを見ていればご機嫌だった。たびたび「モ」のマークが出てくるからだ。それ以来ウシオは、テレビで野球中継があれば、いつまでも見続けるそうだ。

「ほかのチームの試合でもいいの。テレビで野球を観ていれば、そのうちに父親がひょっこり帰ってくるんじゃないかって思っているのかもしれない」彼女はそう言ってから、僕を気遣うように言葉を足した。「世話の焼けない齢になってから急に現われたいまの父親じゃなくて、あの頃のパパがね」

僕は気づいていた。ウシオは、僕と彼女を隔てる壁なんかじゃなくて、飛び越えた壁の先で、彼女と一緒に抱きしめる存在なんだって。

僕とウシオは似たもの同士かもしれない。登っていたハシゴをはずされた同士。レッサーパンダ同士。他人とは思えない。

「観るのがそんなに好きなら、きっとやってみたいって思ってるはずだよ」

「待って、ウシオに聞いてみるから」

そうだよ、大切なのはウシオの気持ちだ。だけど、ウシオが「うん」と言ってくれる確率はおそらくとても低い。彼女もそれを口実に断ろうとしている気がした。

どのくらいの時間が経っただろう。

「ウシオ、野球やるって」

心なしか彼女の声が弾んで聞こえた。

というわけで、ウシオと僕は野球をやることになった。素人同士で。変質者や誘拐犯と間違われないように彼女が事情を説明してくれていた学童保育へ迎えに行く。どんな説明をしたんだろう。学童の先生は僕の姿を見るなり、ふふふと笑いかけてきた。

ウシオと近くの河川敷に向かった。「バイクには乗せないで」というのが彼女との約束のひとつだ。事故って病院に運ばれて出逢ったのだから、当然の心配。

ウシオにスペアのヘルメットをかぶせてシートに腰かけさせ、バイクを押して歩いた。ぶかぶかのヘルメットから目だけがかろうじて出ているウシオは殻をかぶったひよこみたいだった。なぜ自分はこんな酷い目にあっているんだろうというふうに、シートの上で目を丸くしていた。

昨日の電話で彼女が言っていた。

「じつはあの人の誘いもウシオは嫌がっていたの。だってウシオにとっては実の父親といったって、顔をすっかり忘れてしまった知らないオジさんだったんだもん」

それなら元ダンナとはフィフティ・フィフティ。いい勝負だ。

河川敷に着いて、ヘルメットのかわりに違う帽子をかぶせた。

「プレゼントだ。楽天ゴーデンイールルスの帽子。ほら、『モ』のマークがついてる」

確かに「E」の左側が跳ね躍っているロゴマークは「モ」に見えなくもない。ウシオが僕を見上げてきた。お前は馬鹿かという顔で、僕の間違いを訂正する。

「楽天ゴールデンイーグルス」

短期間で修正してきたか。子どもの成長は速い。それからウシオは、いちおうは気に入ったのか脱がない帽子のマークを指さして、ひと言だけ呟く。本当にひと言だけ。

「毛」

「え？」

「毛」

ああ、漢字の「毛」を覚えたのか。うん、「毛」にも見えるね。子どもの成長はほんとうに速い。

僕は、子ども向けの野球教本やルールブックを何冊も読んでにわか知識を身につけていた。経験だってないわけじゃない。実家の料理屋は休日がかきいれ時だったから、僕も父親とはめったに遊べない子どもだったが、定休日の夕方に一緒にキャッチボールをしたことぐらいはある。今年五十九歳の父親は野球世代で、それしか子どもと遊ぶ方法を知らなかったのだと思う。一人息子に野球を教えるのが父親の務めだと思っていたのかもしれない。

まずバッティング練習。ウシオが子ども用の木製バットを握り、僕がボールを投げる。ボールは当たっても痛くないビニールボールだ。ウシオは素直にバットを構えた。テレビで覚えたのだろう、フォームもそれなりに様になっている。やっぱり、やってみたかったんだと思う。

一球目は空振り。

二球目も空振り。三球目も。

何度やっても空振り。頼むよ、当ててくれ。ウシオが野球を嫌いになってしまったら、僕のことまで嫌いになってしまう気がした。ストライクの場所へ行くように、僕は必死でボールを投げ続けた。

そういえば、父親ともこうしてバッティング練習をしたことがあったっけ。僕がサッカーを始める前の幼い頃だったから、同じような小さなバットとビニールボールで。父親の投げる球はいつも少し高かった。

確か、子ども用の野球教本に書いてあった。『初心者はアウトコースの高めばかり打ちに行く』。そうか、どまん中に投げる必要はないんだ。それに気づいてからは、アウトコースの高めを狙って投げた。ふいに思った。親父が出そうとして失敗した二号店は、僕のために用意したんじゃないかと。

三振が三回続いた。僕も素人だからずっと気づかなかった。ウシオのバットの握りの右手と左手があべこべであることに。

「ねえ、ウシオくん」

ウシオの手をとってバットの握りを直す。ウシオのキャラクターTシャツを着た小さな体と楽天の帽子の下の髪には、日なたの藁(わら)みたいな汗の匂いが漂っていた。僕が体に触れるとウシオはびくりと身をすくませたが、素直に持ち手を握り替えた。

でも、再び空振り。空振り。空振り。

四球目だった。持ち手を替える前から数えたら、十三球目。

ウシオの振ったバットにボールが当たって、ひとしきり宙を舞い、僕の足もとにぽてんところがった。

「おお」

思わず声をあげると、ウシオもつられて声をあげた。

「おお」

いまの見た、というふうに僕と目を合わせてくる。頬が赤く染まっていた。

「よし、次はホームランを狙え。いくぞ、ウシオ」

「う」

「今日はありがとう」

午後九時すぎに彼女から電話があった。ウシオを寝かしつけたんだろう。

「何をしてたの」

「野球」

「それから？」

「昼を食べた。ハンバーガー。ウシオに食べさせてやりたくて」

「えーっ、ちょっと」

彼女との約束その二は、卵と小麦のアレルギーに触れるものを食べさせないことだ。

「だいじょうぶ。僕がつくったやつ。ハンバーグはつなぎに豆腐と片栗粉を使った。バンズはもちろん米粉パン」食べ物屋の息子で調理師専門学校中退だ。料理はたぶん彼女よりうまい。

「おやつはそば粉100パーセントのクレープ。カクテルも飲ませた」

「ちょっとぉ」

「心配しないで。もちろん子ども用のカクテルだから」

カクテルにはノンアルコールのものもあるのだ。「コンクラーベ」もそのひとつ。コンクラーベはカソリック教会でローマ教皇を選出するための、ときに何日も続く長い会議のことだが、なぜこのカクテルにそんな名前がついたのかは誰も知らない。会議中に飲むんじゃないか、聖職者だからノンアルコールのを、とうちのマスターは言っている。

オレンジジュース　2／3

牛乳　1／3

木苺（きいちご）のシロップ　少量

ちびすけのウシオのために牛乳は少し多めにした。三月生まれのウシオはクラスの背の順で前から三番目だそうだ。カクテル言葉は知らないから自分で考えた。『根比べ』だ。

「それから?」

「また野球」

　ウシオは確かに無口な子だが、寡黙な人間が往々にしてそうであるように勤勉だった。僕は百球以上ボールを投げて、ウシオは同じ数だけバットを振った。打率は三割以上（バットに当たった率という意味だが）。そのあとは守備練習。ゆるいゴロなら二回に一回はトンネルをせず（体で止めたというべきか）、おでこにボールを受けてばかりだったフライも、五回ぐらいグローブに収まった。五十回中。

「ウシオくん、なんか言ってた？」楽しかったとか、またやりたいとか。

「なにも言ってない」

　ため息が出た。まだまだレッサーパパか。彼女が僕に文句を言った。嬉しそうに。

「やりすぎだよ。話を聞く前に寝ちゃった。夕飯食べてる途中でスプーンをくわえたまま。あの子がそんなになるまで遊ぶのって、ほんとにひさしぶり」

Y

　またウシオと野球がしたかったが、次の土日には僕にもすべきことがあった。一週間後に迫ったカクテル・コンペに向けての練習だ。残り二十人に絞られた本選では、審査員の前で実際にカクテルをつくる。バーテンディングも審査の対象だ。

　マスターは、もう一度基本を叩きこんでやると張り切っている。「店の酒をあれだけ減らしたんだ。ちゃんと元をとってこい」入賞トロフィーを飾れば、店の格も少し上がるんだそうだ。「グランプリか準をとったら、のれん分けを考えてやってもいいぞ」

「二号店は要りません。この店をください」

「馬鹿やろ。百年早い」そう言ってからマスターが腰をさすって言い直した。「五年かな」

牛乳の入ったカクテルを何杯飲んだだろう。海綿骨様仮骨が一週間でくっつくぐらいの量だ。


本選の日、彼女は仕事で来られなかったけれど、前日にお守りを渡してくれた。お酒の神様を祀った松尾神社というところのお守りだそうだ。看護師さんがお守りに詳しいって、なんだか微妙だけれど。

会場はホテルの宴会場だ。ステージに簡易カウンターが四台据えられ、出場者がそれぞれに持ちこんだ道具と材料でオリジナルカクテルを披露する。制限時間は五分。

ステージの上に立った瞬間、足が震えた。カウンターに酒瓶を揃える手も震えていた。

「練習は嘘をつかないぞ」心の中で何度もそう唱える。野球の練習をしている時に、僕がウシオにかけた言葉だ。シェイカーを持った瞬間、震えはぴたりと止まった。

カクテルをつくり終えた後は、持ち時間一人三十秒のプレゼンテーション。レシピにまつわるインスピレーションとストーリーを語る。

自分で考えたカクテル言葉を披露する出場者もいたが、僕は自分のカクテルを喩えるどんなフレーズも用意していなかった。カクテル言葉は飲んだ誰かがつけてくれるものだ。いつか彼女につけてもらおうと思っている。

「私は一年半前、足を骨折して入院していました。早く職場に復帰しなくてはと毎日焦燥に駆られていたのですが、その時、心の支えになってくれた人がいます。このカクテルは、ナースコールで呼び立てる私に嫌な顔ひとつせず、慰め、励ましてくれた、その白衣の看護師さんをイメージしました。私はいまその方と、おつきあいしています。結婚したいと思っています」

三十秒を少しオーバーしてしまった。審査員たちはカクテルのほうに気をとられているようだった。僕の語るストーリーなんか、ありふれたどこにでもある話だというふうに。

そう、ありふれた話だ。でも当人たちにとっては一生に一回だけの物語だ。

Y

野球を観に行こうと誘ったのは、コンペが終わったその日の夜だ。

ずっと前から調べていた。彼女とウシオの休日と、僕が休める日と、楽天ゴールデンイーグルスが首都圏の球団との試合に遠征してくる惑星直列の日を。

六月の第四週。千葉ロッテマリーンズとの第二戦。その日を逃すと今シーズン中のチャンスはおそらくない。

「行かないか。もちろん君とウシオがよければだけど」

「待って、ウシオに聞いてみる」

ほとんど待たずに答えが返ってきた。すぐそこにウシオがいるんだろう。電話の向こうからかすかにナイター中継の音が聞こえている。

「行くって」

なにしろ梅雨のまっただ中だ。その日の空は厚い雲に覆われて、いまにも地上に雨を降らそうと身構えているようだった。濡れ雑巾みたいな雲が流れてくるたびに、朝早く起き出して空模様ばかり眺めている僕の胸にも黒雲が広がった。

恐れていた雨が降り出した時、彼女から電話があった。

「ごめんなさい。ウシオが熱を出しちゃって、いまから病院に行く」

雨より僕が恐れていたのは、当日になってウシオが、やっぱり僕と出かけることを嫌がったらどうしよう、ということだった。そうしたら彼女も、七歳の連れ子のいる七歳年上の自分は、これ以上僕に深入りすべきではない、と思い定めてしまうかもしれない。無口なぶん、体で訴える子だ。ウシオが熱を出したのは、僕たちへの無言の抗議かもしれなかった。

午後になると雨が上がった。もう遅いよ。事情を知ったマスターは、腰痛を押して僕に休みをくれた。やっぱり店に行こうと服を着替えて、スマホをポケットに滑りこませた時、着信音が鳴った。

「ウシオ、風邪じゃなかった。お医者さんで測ったら、平熱に戻ってた」

「行っても平気なの？」

「うん、子どもってたまにあるんだよ。興奮して体温が高くなること。きっと、今日が楽しみすぎて熱を出しちゃったんだ」


スタジアムのゲートをくぐる時、僕はウシオに手を差し出した。ウシオはじっと僕の手を見つめているだけだった。まぁ、しかたない。まだ僕らは海綿骨様仮骨だ。少しずつゆっくりくっつけばいい。

僕のほうから手を握った。ウシオは驚いていたけれど、手を引っこめず、フライをキャッチする時の基本に則って親指と人差し指に力をこめて、握り返してきた。彼女と初めて繋がった時とは違う部分が、痛いほど僕を昂ぶらせた。


さぁ、プレイボールだ。

僕らは内野席に三人並んで座っている。左に僕、右に彼女、まん中にウシオ。小さなその手にまだ大きすぎるグローブをはめたウシオは、ファウルボールが近くに飛んでくるたびに、立ち上がって捕球体勢をとる。申しわけないほど僕が教えたとおりに。ボールが落ちてくるのが何十メートル先でも。

「しっかり捕れよ、ウシオ。ファウルボールはもらえるんだぞ」

「う」

球場のカクテルライトに照らされた頰は、丸いシールを貼ったように赤い。

「ウシオ、ほっぺた赤いけど。本当にだいじょうぶなの」

上着を脱いで着せかけようとした僕の手を彼女が握って制した。

「興奮してるだけ。子どもだから。コースケくんだって、ほっぺが赤いよ」

「え」

彼女の牧羊犬の目が、ふたつの三日月になった。ふふ、まだまだ子どもだね、と言っているような表情だ。

僕らが実の親子じゃないことは、一生変えられない。でも、だからどうした。年の離れた友だちでいればいい。一緒に人生を闘って楽しむ仲間であればいい。考えてみれば夫婦だってそうじゃないか。最初は他人。でも、うまくやれば、肉親以上の他人になれる。

ワンアウト満塁で、楽天ゴールデンイーグルスの四番バッターが登場すると、三塁側の歓声がひときわ高くなった。ウシオの頰がますます赤く丸くなり、立ち上がって捕球体勢をとる。ファウルじゃだめじゃん。

歓声にまぎらわせて僕は彼女に言った。

「カクテル・コンペなんだけど」

「うん」

「落ちた」

「知ってた。毎日ネットで調べてたから」

「来年も挑戦してみようと思うんだ。いきなりグランプリは無理でも、入賞はしたい」

「じゃあ、あのお酒のカクテル言葉は、『明日もがんばろう』だね」

上位5名までの入賞者にはトロフィーが贈られる。マスターは言う。トロフィーがありゃあ、半人前は卒業だな。3／4人前だ。

「もし入賞したら、式を挙げよう。会費制で」

歓声の中で彼女は言った。

「だめでもいいよ」

「え、なに？」

「なんだかちょっとあついね」

きっと僕らも一日ずつよくなっていくんだ。脛骨骨折みたいに。

三人を混ぜ合わせてステアする。そして新しいカクテルになるのだ。

彼女　1／3

ウシオ　1／3

僕　1／3

君を守るために、

1

「ねえ、うちの子、見て見て」

菜緒(なお)は眺めていたスマホで隣のデスクの立花(たちばな)さんの肩をつつく。モニターに映っているのは動画だ。しかもライブ映像。

「ほらほら、アップになった」

立花さんが面倒くさそうに目を落とした時には、残念ながら姿が消えていた。今日いちばんのフォトジェニックだったのに。

「親馬鹿ですねえ、田辺(たなべ)さん」

「ふふ」確かに。本日最高のフォトジェニックは、朝から四回更新している。さっきまで可愛い顔をカメラにくっつけて、レンズを舐(な)めていたのだ。うふふ。

「あ、戻ってきた。ああ、可愛いっ。今日の最高っ」

ほんとうによく動く子だ。レンズを舐めていたかと思うと、お尻(しり)を向ける。ちょっとちょっとぉ、お尻の穴が丸見えじゃないの。

「可愛いっ。あ、笑った」

立花さんが呆れ声を出す。

「犬が笑うわけないじゃないですか」

「犬って呼ばないで」

ムクゾーは四か月の豆柴だ。飼いはじめたのは先月。もう、ほんとにもう可愛くて、会社でも眺めていたくて、昨日見守りカメラを買ったのだ。ソフトボールぐらいのちっちゃな円形タイプだが、スマホで映像がチェックできて、アングルも操作できる、犬好き悩殺兵器。レンズに近づいて来やすいように、ムクゾーが匂いを嗅ぐのが好きなお気に入りのぬいぐるみの陰に隠しておいた。

「声も聞けるんだよ、これ」スマホの音声を大きくすると、くんくぅん。カメラの向こうでムクゾーの甘え声がした。「聞いてみて」

「はいはい」

スマホに耳を寄せた立花さんが眉をひそめる。

「田辺さん」

「きゃわいいでしょぉ？」

「妙な音してません？」

「え」

「ほら、咳払い、かな」

言われてみれば、げほごほという低い音が聞こえる。

「ああ、これ、ムクちゃんの声だよ。毛玉を吐き出すときに、じいちゃんみたいな声を出すことがあるの」それがまたきゃわいいんだな。

さあ、仕事仕事、というふうに立花さんがパソコンに向き直る。平気だよ。菜緒は営業二課の事務職だ。外回りの男性社員は出払っていて、スマホを眺めていても咎められはしない。いま課内にいるのは二こ年下の立花さんだけ。

「ああん、もう、これが今日のベストかも」

パソコン画面に戻った立花さんの顔の前にスマホを突き出す。露骨に迷惑そうな顔をされたが、可愛いのだからしかたない。受け取った立花さんが目を剝いた。

「ん？」なになに、誉めて誉めてうちの子。

頰が情けなくゆるゆるになっているだろう顔を寄せると、立花さんが声を殺して言った。

「田辺さん」

「……なんかいます」

「なんかって」

モニターの向こうは、菜緒の寝室だ。ムクゾーは死角に入ってしまっていて、いま映っているのは、ベッドの端っこと簞笥だけ。立花さんがにまにま笑った。

「あーなんだ」

「なによ」

肘で菜緒をつつく真似をした。

「彼氏ですか」

「どゆこと？」

「彼氏と住んでたんだ。ひゃ～知らんかった。もしかして、これって、そっちの自慢？」

「あ？」

「だって、ほら」立花さんがスマホを突き返してくる。「ベッドの上」

「え」

ベッドの上に何か置いてある。白っぽくてとんがったもの。置いてあるんじゃない。誰かが寝ているのだ。映っているのははだしの足首だった。

菜緒は唇を三角にして、声にならない悲鳴をあげた。

2

昔に比べれば警察のストーカーへの対応はきちんとしていると話には聞いている。実際、窓口の担当者の応対は、思っていたより丁寧だった。

〝まず、被害届を出してください〟

丁寧なだけだった。被害と言われても。被害が怖いから、起きる前に何とかして欲しいのに。

〝その動画は録画されていますか〟

見守りカメラには録画機能もあるが、ライブでがっつり見るつもりだったから、使ってなかった。頭がフリーズしてしまって——それ以上に怖くて指が動かなくて、カメラを横振りして足首の正体を確かめる余裕もなかった。

〝犯罪の証拠がないとこちらも動けないんですよ〟

そんなぁ。目撃者ならもう一人いる。立花さんに電話をかわってもらったが、ダメだった。

動悸が治まってからは、カメラのアングルを前後左右に振りながら画面を眺め続けている。でも、謎のあの足首は二度と現われなかった。

仕事どころじゃなかった。午前中ずっとスマホに釘付けで、いつのまにか戻ってきた課長に説教を食らった。自分だって得意先に行くとか言って、どうせ喫茶店で寝ていたんだろう。おでこにコースターの跡がついていた。

昼休みになっても、会社近くのコーヒーショップで画面を眺めた。ときおりムクゾーがレンズを舐めに来たが、それどころじゃない。ちょっと、そこどいて。頼んだサンドイッチは赤いゴムパッドを挟んだキッチンペーパーを食べているようで、三くちで放り出した。

立花さんがナポリタンをたぐっていた手を止めて言った。

「ねえ、田辺さん、もしあれだったら、今夜はうちに来ます？」

それはできない。ムクゾーがいる。どこか別の場所に泊まるにしても、一度帰らなくちゃ。立花さんちはわりと近くだけれど、犬を連れて行ける場所でなければ。立花さんは犬アレルギーだそうだ。

「本当に心当たりはないんですか。別れた彼氏とか？」

確かに男と別れてからまだ一年も経っていない。犬を飼おうと思ったり、引っ越したりしたのは、男のことも、男がひんぱんにやってきた部屋も、忘れたかったからだ。

菜緒は首を横に振る。ふられたのは菜緒のほうだった。違う女の子を好きになったと言われた。ストーカーになるとしたら、むしろ菜緒のほう。新しい女へのストーキングだ。

「それか身内の方とか。あれ、たぶん男の人ですよね。お兄さんとか弟さんって――」

男のきょうだいがいたら、そろそろ実家に帰って来いとしつこく言われたりはしない。

首を横に振りかけて天井を見上げて、それから、

「あ」

と呟いた。その口にサンドイッチをくわえる。ようやくまともな味がした。

店を出てすぐ実家に電話をかけた。

久しぶりの連絡だったから、母親が近況を聞きたがり、話したがったが、受け流して

用件を口にする。

「もしかして、お父さん、出張中？」

〝うん、昨日から。なんで知ってるの〟

なんだ。脅かすなよ。大分に住む菜緒の父親は、仕事関係の総会やら研修会やらで、ときどき上京する。菜緒が東京の大学に通いはじめてからは、ちょくちょくアパートやマンションに泊まりに来た。宿泊費を浮かすためとかなんとか言って、合い鍵もむりやりつくって。娘の生活の抜き打ち検査に来ていたのだと思う。男がいた時には、毎回歯ブラシの隠し場所に苦労した。

「お父さん、私の部屋に勝手に上がりこんでるみたい」

〝あんたのとこに？〟

「うん」

母親がけろけろと笑う。

〝そりゃあないよ。だって、行ってるのは大阪だよ。さっきもＬＩＮＥであべのハルカスの写真送ってきたたし〟

え。

話しているうちに肝心なことに気づいた。父親が持っている合い鍵は前のマンションのものだ。引っ越したばかりの新しい住まいの鍵を、持っているはずがない。

昼休み終了までまだ五分ある営業部には、人が少なかった。新入社員の杉原くんだけが、カップ麺をすすっている。その大きな背中を見て、菜緒は思いついた。

「杉原クン、お願いがあるんだけど」

「へ、なんでしょう」

「うちのパソコン、調子が悪くて。ちょっと見てもらえないかな。あの、えーと、ほら、杉原クン、パソコンくわしいって言ってたし、帰り道も途中まで一緒だし」

あんたでかくて強そうだから、なんて本当のことが言えなくて、目を逸らしたまま早口で言う。

「お願い」

両手を顔の前で合わせて首をかたむける、ちょっと計算の入ったポーズまでつけ加えてしまった。新規開拓のノルマのことで課長に叱られると、大きな図体がとたんに縮まる気弱な子だ。家の中に怪しい男がいるかもしれない、なんて話したら来てくれなくなるだろう。

菜緒のマンションは私鉄沿線の駅から歩いて十分の場所にある。犬と暮らすと決めたのはいいけれど、ペット可のマンションはたいていが古くて、家賃が割高だった。新しい住まいも築三十五年。独り暮らしには贅沢な広さがあるが、オートロックはもちろん、防犯カメラもなく、設備すべてが古い。そのくせ家賃はいままでのワンルームの一・五倍だ。

エレベーターを二階で降りて、左手の三つめが菜緒の部屋だ。先に立ってすたすた歩いていく大きな背中に隠れるように外廊下を歩き、ドアの施錠を解いてから、杉原くんを振り返った。

「どうぞ」

杉原くんは「え、俺が開けるの」という顔をしたが、黙ってノブを回す。ドアが開いたとたんにムクゾーの吠え声がした。よかった。何かされたのではと、心配だったのだ。

「ささ、奥まで入って」

短い廊下の先がダイニングキッチン、そのさらに先に寝室がある。いつもは開けっぱなしで、ムクゾーのトイレと食事用トレーはキッチンに置いてあるのだが、今日は見守りカメラに映って欲しくて、寝室にトイレとトレーを置き、ドアは閉めてある。

ダイニングキッチンには誰もいない。杉原くんが部屋を横切り、奥の部屋のドアに手をかけた。菜緒は緊張してその背中を見守る。いつでも悲鳴をあげられるように大きく息を吸った。

ドアが開く。飛び出してきたムクゾーをひしと抱きしめた。杉原くん、がんばって。なにかあったらすぐに外へ逃げて助けを呼ぶから。

だが、寝室からは恐れていた争う物音は聞こえなかった。おそるおそるドアの向こうに首を伸ばす。誰もいない。杉原くんが箪笥の上に置いたノートパソコンを引っぱり出した。

「これっすね、パソコン」

「ああ、待って」

箪笥を開けてみる。誰もいない。念のためにベッドの下も覗いてみた。いない。

「どうしたんすか」

「あ、ううん、ちょっと。ごめんね。部屋、ちらかってるでしょ」

安心したとたんに、親しくもない男の同僚を寝室に入れたことが、急に恥ずかしくなった。よかったよ、カメラに映るからちゃんと片づけておいて。いつもはもっと酷いありさまなのだ。とはいえ、理系男子の杉原くんは女の部屋にとくに関心を持つでもなく、パソコンを点検する場所がここにはないとわかると、さっさとダイニングキッチンへ戻ってしまった。

「コーヒー、淹れるね」

まだ安心はできない。バスルームとトイレが残っている。3点ユニットだった前の部屋に比べて無駄に広いのだ。さすがに「トイレに行きたくない？」まして「お風呂に入っていかない？」なんて言えるわけもなく、お湯を沸かしている間に及び腰でドアを開けた。

どこにも誰もいなかった。

キッチンテーブルでノートパソコンを開いていた杉原くんが声をあげる。

「あれ、ちゃんと繋がりますよ」

「え、ほんと」と驚く演技をする。「なにか勘違いしていたのかも」

うん、きっと、勘違いだ。私と立花さんの。カーテンから差し込む光がたまたま足首に見えたのかもしれないし、ムクゾーが何かをくわえてベッドに落としたのかも。いまさっき見たかぎりでは、何も落ちていなかったけれど。

　コーヒーを飲みながら、杉原くんと世間話をしたが、三つ年下で、四月に配属されたばかりの親しくもない相手だから、話はまるで盛り上がらない。杉原くんのコーヒーはわざとじゃないかと思うほど減らなかった。妙に女子的に媚びてしまったから、勘違いされたか？　夕食でもふるまわれるんじゃないかと思っているのだとしたら、面倒だ。

「今日はありがとう。私、そろそろ、買い物に行かなくちゃ」杉原くん、ごめん。『一緒に行く』とか『待ってます』、なんて言い出さないうちに、早口でつけ足した。「駅まで送っていくよ」


　きっちりドアにチェーンをかけてから、ムクゾーを抱きしめた。

「なんだったんだろうね、あれは。きっと気のせいだよね」

もこもこの背中に顔を埋めて、昨日したばかりのシャンプーの匂いを嗅ぐ。この子がいて本当によかった。一人だったらとてもこの部屋には帰ってこられなかっただろう。

♪気のせい、気のせいったら、気のせい〜

でためのの歌を歌って、スーパーのレジ袋の中身を取り出す。

「遅くなって、ごめんね。ご飯にしよう」

まず、ムクゾーの夕食のために、冷蔵庫を開けた。レトルトタイプのペットフードを保存するために買い換えた、独り暮らしには大きな冷蔵庫だ。

開けた瞬間、かすかな違和感が頭の中を右から左へ通りすぎてゆく。間違いさがしの絵を見せられた気分。

ドアを閉めて、日々の冷蔵庫の中のイメージを思い起こしてから、もう一度開けてみた。ムクゾーのための大量のレトルトフード。自分のためのわずかな食材。ドアポケットのペットボトル――

違和感の原因は、カルピスウォーターだった。

便秘にいいと聞いて毎日飲んでいるが、カロリーが気になるからいつも半分、きっちりラベルの下までしか飲まない。

それが減っているのだ。ラベルから二センチぐらい下まで。さっきの杉原くんからはせいぜい十秒ぐらいしか目を離していない。午前中にここに侵入した何者かが飲んだとしか思えなかった。おそらく口飲みで。

菜緒は口を菱形(ひしがた)に開けた。そして言葉にならない悲鳴をあげた。

3

帰宅する菜緒の足どりは重かった。この三日間、毎日そうだった。ムクゾーが待っていなかったら、けっして家には戻らず、友だちの家に泊めてもらうか、ホテルに部屋をとるか、行ったことのない漫画喫茶で夜を明かすかしていると思う。最愛のムクゾーが待っているのだ。帰らないわけにはいかなかった。

だいじょうぶ。自分に言い聞かせる。昨日もおとといも異変はなかった。やれることは、やった。

まず『二十四時間対応・鍵のトラブル解消!』の会社に電話をして、あの日のうちに鍵を付け替えた。

防犯アラームとスタンガンを買った。どっちも合い鍵をつくりに行った会社近くの鍵屋さんで売っていたのだ。スタンガンはあんまり凄すぎるのも怖くて、ペンシルタイプのものにした。威力は変わらないと言われたけれど、二色から選べた色も、ピンク。

警察にも電話をした。

〝何か証拠を持ってきてください。証拠さえあればただちに動きます〟

証拠と言われても。ドラマみたいに鑑識の人がやってきて、冷蔵庫の指紋を採る、なんてシーンを期待していたのに。

〝相手に心当たりはありますか〟

首をかしげるしかなかった。まるでない。

しばらくペット可のどこかに泊まろうかとも考えたが、ムクゾーを手に入れ、割高なマンションに引っ越し、新しい冷蔵庫や鍵の付け替えやスタンガンやなにやらで、菜緒にはもうお金の余裕がない。

ドアを開け、チェーンをかけずに靴を履いたまま上がり、部屋を点検した。バスルームとトイレも確かめた。

次は冷蔵庫だ。三日前の被害はカルピスウォーターだけじゃなかった。自分へのご褒美に少しずつ食べていた板チョコが減っていたのだ。執拗に舐め取ったように。どっちも速攻で捨てた。留守中に開閉されたらすぐわかるように、扉にはティッシュの切れ端をはさんでおいた。

開けたら、はらりとティッシュが落ちてきた。

何事もなかった。とりあえず今日は。でも、誰かに見られているんじゃないか、そんな思いに囚われて、背筋に見えない毛虫が這い続けている。家じゅうに見守りカメラ——正式名称で言えば監視カメラをしかけられた気分だった。

寝室で着替えをしている時に気づいた。座卓の上に剝き出しのＤＶＤが置かれていることに。もちろん菜緒が置いたものじゃない。

唇を四角く開き、そして長く尾を引く悲鳴をあげた。

逃げ出したかった。ムクゾーがいなかったらそうしてた。でも、このDVDなら証拠として警察に持って行けるかもしれない。どんな内容か確かめなくては。ムクゾーを抱きしめて、デッキに挿入した。ムクゾーが、わぉんと鳴いた。

嫌な予感がした。

昔聞いた都市伝説を思い出す。友だちが「友だちの友だちから聞いた」という噂話。こんな話だ。

ある独り暮らしの女の子の部屋に小包が送られてくる。中に入っていたのはビデオテープ（ってことは少し前の時代の話だ）。なんだろうと思って再生してみると——どこかの部屋が映っている。その部屋で裸の男が踊っていた。ストッキングをかぶっていて人相はわからない。気持ち悪い変態野郎め。どこのどいつだ——とよく見ると、それは彼女自身の部屋だった——

十秒迷ってから、再生ボタンを押した。

映ったのは、花畑だった。菜緒の体から力が抜け、ムクゾーが腕から抜け出した。カメラが横に振られる。花畑というより花の多い草むらか。ひとつの花がズームアップされる。黄色い花だ。そこに白い蝶がとまっている。

ギターの音が始まった。素人が弾いているとたちまちわかる下手なギター。それと同時に画面にテロップが現われる。まるっこいデザイン文字だ。

『君を守るために　僕はいつもそばにいる』

なにこれ？

『君が悲しいときには　僕が涙を吸ってやる
君が嬉しいときには　君の手料理を食べよう』

カラオケの画面が切り替わる。さっきの草むらをどこかの高台から俯瞰している映像だ。画面を眺めているようだった。誰も歌わないだろうカラオケの。

『君が望むなら　僕はギターを鳴らすよ
一緒に歌おう　愛の歌を　愛の歌を』

全身の肌がぽちぽちとあわ立った。ある意味、裸男の都市伝説よりおぞましい。それ以上見るのは耐えられなくて、停止ボタンを押した。

よし、動かぬ証拠だ。警察に行こう。

ところで最寄りの警察署ってどこにあるんだろう。交番でもいいのか。交番なら駅の向こう側に一か所ある。置いていくのは不安だ。ムクゾーも連れて行こう。

ムクゾーはバスルームのドアの前にいた。ドアに飛びかかるように爪を立てている。

「どうしたの」

声をかけると、吠え出した。ドアのあちら側の誰かを警戒するように。

まさか。さっき誰もいないことは確かめたはずだ。菜緒はバッグからスタンガンを取り出した。つけたままだった安全カバーをはずす。

ムクゾーを抱きかかえた左手でドアを開け、銃を手にしたアクション映画のヒロインのようにスタンガンを突き出す。

洗面所に人の気配はない。

正面のトイレの引き戸を開けてから、後ずさる。

いない。

右手の浴室のドアノブを肘で下げて、蹴り開けた。

いない。

でも、腕の中のムクゾーは吠え続けている。気をつけろ、ここにいるぞ、というふうに。

まさかと思いながら、浴槽の蓋を開ける。

裸の男が丸まっていた。胎児のように。

菜緒はその場で十センチほど飛び上がった。腕からムクゾーが落ちた。

ムクゾーのほうが勇敢だった。浴槽の縁に前脚をかけて、男に吠えたてる。一人じゃない。この子が一緒だ。私が守らなくては。その思いが菜緒を強くした。ぴくりとも動かない男が唯一身につけている白いブリーフの尻にスタンガンを押し当てた。

「あああ、んんうっふ」

妙な喘ぎ声をあげて、芋虫みたいに身をよじる。もう一度。火花が散った。

「ああうん。うぅんふん」

相手が骸骨に皮をかぶせただけみたいな痩せた小男であることがわかって、ちょっと強気になる。

「出てこいっ」

少し震えていたが、ちゃんと声が出せた。男は両手で顔をかばいながら、のろのろと立ち上がる。

「誰？」

えらの張った四角い顔。裸なのに黒縁眼鏡をかけている。どこかで見覚えがある顔だった。

「すいません、すいません」

菜緒に代わってムクゾーが威嚇の声をあげた。

「……なぜここにいるのか自分でもわからなくて」

「んなわけあるかっ」

出てこい、と言ったものの、出てきて欲しくはなかった。スタンガンを銃口のように突きつけ、「座れ」というかわりに下に振った。男は浴槽に正座をして、頭を下げ続ける。その情けない姿で、ようやくこいつが誰なのかを思い出した。

「……あんた、本村だね」

「すいません、ほんとにすいません」

去年の大晦日に卒業十周年だという中学の同窓会があった。都会へ出てしまう人間が多い土地柄だから、集まれるのは、盆休みか年末年始の帰省時なのだ。出席者はクラスの半数ぐらいだったけれど、その中には、この本村もいた。

「そこから動かないで」

正座した本村に指を突きつける。菜緒の裏返った声に驚いて、いつもは言うことをきかないムクゾーまでお座りをした。スマホを取りに走り、１１０にかけて耳に押し当てた。

〝はい警察です。事件ですか事故ですか〟

「いまいまいま私の家に男が――」

スタンガンを構えながら急いでバスルームに戻る。

「――いたんです」

バスルームにいたのは、ムクゾーだけだった。

素早い。いつのまに逃げたんだ。

だが、ようやくストーカーの正体がわかった。

本村なら、怖くはない。そんなには。オタクで運動音痴で空気の読めない、クラスのカーストの最下位にいたやつ。下級生にまでパンを買いに行かされるような、いじめられっ子だった。友だちもいないのになぜ同窓会に出てきたのか、みんな不思議がっていた。

4

「犯人の名前がわかりました。証拠の品もあります。本村——本のモトにダッシュ村のムラ。年齢は二十六か七」

〝本村ですね。住所はわかりますか〟

「いまの住所はわかりませんが、中学の同級生です。学校は——」

今度こそ、動いてくれそうだ。菜緒が口にした学校名を書きとめているのだろう間があった。

〝下の名前も教えてください〟

下の名前？　覚えていない。当時から覚える気もなかった。

〝できればお願いします。下の名前がわかれば、前歴を照会できますので〟

「わかりました。調べます」

たぶん問題ない。菜緒は遥香に電話をかけた。同窓会の幹事の一人で、地元で暮らしている子だ。

「もしもし、南中の本村の住所ってわかる？　ほら、同窓会に来てたでしょ」ああして来たのだから、本村にだって招待状を送っているはずだ。「下の名前も教えて」

〝なんでナオが本村のことを？〟

誤解されたくなかったから、最近、本村につきまとわれているみたいだ、変なDVDを送りつけてきた、目の前に姿を現したこともある（さすがに浴槽にとは言えず）とだけ話した。

〝ありえないよ〟

「でも、確かに本村だった」

〝だって、本村、死んだよ〟

「面白くないよ、その冗談」

〝ほんとだって。先月。失恋して自殺したって聞いた〟

菜緒の唇はOの字になる。吸った息が悲鳴になった。

5

「じゃあ、俺は帰るぞ。もう心配ない」

「ありがとう。途中まで送ってく」

父親のことを、頼もしい、なんて思ったのは、いつ以来だろう。友だちに話しても信じてもらえそうもない出来事を実家に訴えたら、父親が仕事を放り出して駆けつけてきた。家中に元三大師降魔札（がんざんだいしごうまふだ）を貼り、塩を盛り、土曜日の昨日はここに泊まって、朝、昼、晩とお経をあげてくれた。なにせプロ。菜緒の父親は僧侶（そうりょ）だ。

「亡者が迷い出るのは、珍しいことじゃない。俺は何年かに一度、墓所でしか見かけないが、死んだばあちゃんは週に一回は見てた。まぁ、認知症になってからだけどな」

空港へ行く父親を途中の駅まで送り、戻っても、部屋にはまだ線香の香りが漂っていた。

どちらにしてもここには長く居たくない。帰り道の途中で住宅情報誌を買った。一刻も早く新しい住まいを探さなくては。ネットでも物件を漁っているが、敷金礼金0でペット可は少ないうえに、どこも菜緒には金額的に厳しい。といって、親に頼るわけにもいかない。「大分に帰って来い。婿を取れ」という話を蒸し返されるにきまっていた。

足もとにムクゾーがまとわりついてきた。

「大分なんかには帰りまちぇんよねぇ」寺には土佐犬が二匹もいるのだ。「ご飯にちまちょうか」

冷蔵庫を開ける。本村が膝を抱えてうずくまっていた。

菜緒はまばたきを三度くり返してからドアを閉めた。

三秒遅れて輪ゴムのかたちの口から長い長い悲鳴が漏れた。

流し台の収納棚からガムテープを抜き出してドアにめちゃくちゃに貼った。寝室から箪笥を引きずり出す。掃除機で裏側の埃を吸いとる時は五センチ動かすのにも苦労する箪笥が、気合いとともにいとも簡単に動いた。冷蔵庫に蓋をするように箪笥を置き、扉に魔除けの札を貼る。引っ越しのときの残りの天地無用のシールも貼る。

すべての作業を終え、荒い息を吐きながらスマホを手に取った。父親に「戻ってきて」と訴えるつもりだった。汗で滑ってうまく指が動かないうえに、いつもないがしろにしている父親の番号をどこに登録したのかが思い出せない。ようやく探し当てて発信ボタンを押そうとした時、表示時刻を見て気づいた。いまはもう飛行機の中だ。

キッチンテーブルも引きずって箪笥の前にさらにバリケードを築きながら決意した。いますぐここを出よう。行く当てもないまま海外旅行用のスーツケースを用意する。ムクゾーのためのペットキャリーバッグも引っぱり出した。

ムクゾーはご飯用のトレーの前できちんとお座りをしている。菜緒の姿を見ると駆け寄ってきて、足に体をすりつけた。と思うとまた、トレーの前に戻って、はっはっ、と舌を出してお座りをして、こちらをチラ見する。

フードボウルは空だ。父親の見送りにかまけて、ムクゾーの食事を後まわしにしてしまっていたのだ。そして、ムクゾーの食べ物はすべて封印した冷蔵庫の中。

「いい子だから、もう少し我慢して」

ムクゾーが足にしがみついてくる。菜緒が動かないとわかると、お腹を上にしてごろんところがった。

菜緒は深くため息をついた。

天井を仰いでから、「よしっ」と声をあげた。ムクゾーを守るためなら、なんだってやる。だいじょうぶ、私は寺の娘だ。怖くなんかない。嘘だけど。

バッグの中からスタンガンを取り出し、充電がじゅうぶんであることを確かめた。もうひとつの武器は、モップか掃除機のホースかで迷ったが、結局、モップを選ぶ。ヘアバンドを鉢巻きにして、額のところに魔除けの札を差しこんだ。

自分が守るべき毛皮の天使を抱きしめる。そして呟いた。

「君のためなら、私は悪霊より悪になるよ」

殺気を感じたのか、ムクゾーはイヤイヤをするようにもがいて菜緒の腕から跳び逃げた。

冷蔵庫を塞いでいたテーブルを元に戻し、簞笥も脇にどける。ガムテープを剝がしてから、左手にスタンガン、右手にモップを構え、足で冷蔵庫の扉を開けた。

本村は首を折り、目を閉じている。眠っているように見えた。

「出てこいっ」

この前と同じブリーフ一枚の姿だ。白ブリーフには点々と赤いブチが飛んでいる。このあいだはシミかと思ったが、これは血だ。犬の食べ物の上に汚れた裸で座るなんて、なんて不潔。恐怖が嫌悪に、嫌悪が怒りに変わった。

「なんしよんのや、お前はっ」

モップの柄で肋骨のすき間を狙って突きを入れると、本村が身をよじった。

「あうっ、んんあぅん」

頭を小突いたら、冷蔵庫から転がり落ちた。

よくよく考えれば、仕切り棚があり、ペットフードや食材が詰まった冷蔵庫の中に人間の体が入れるわけはないのだ。本村が抜け出た冷蔵庫は、元のとおり棚があり、食材も入ったままだった。百パーセント信じきってはいなかった菜緒も、目の前にいるのがこの世のものではないことを認めざるを得なくなった。

遥香からは、LINEに画像が送られてきた。先月の地方紙の記事だ。

『八日早朝、大分川で、大分市若葉台の無職　本村卓巳さん(26)の水死体が見つかった』。橋から身を投げたらしい。

潰れた蛙のようにうつ伏せになった尻を叩く。モップのアルミポールがひしゃげた。

「あんっ、うふぅん」

喜んでいるようにも聞こえる呻き声が薄気味悪くて、叩くのをやめた。ノーマクサンマンダ、バザラダンカン。父親から教わった呪文を唱えてから言う。

「本村卓巳だな」

犯人を逮捕する刑事の口調で言ったつもりだが、声は震えていた。

「は、はいっ」

「なんでここにいる」

「わかりませんっ。き、記憶喪失かも……」

本村は両手で胸をかき抱いたまま震えていた。菜緒と同じく、いや、菜緒以上に怯えているように見えた。本当に自分が死んでいるのに気づいていないのかもしれない。もし自殺した原因が自分にあるとしたら――菜緒の胸の奥に見えない棘が刺さった。

「あんた、もう死んでるんだよ」

「嘘ぉ」

幽霊とふつうに会話をしている自分が不思議でならなかった。

寺の娘だから幽霊もよく見るんじゃないか、なんてときどき人に言われることがあるが、とんでもない。生まれてこのかた、幽霊を見たことなんて、たった四回だけ。本村で五人目だ。しかも言葉を喋るタイプは初めて。

本村はブリーフ一枚で、菜緒がすすめたキッチンの椅子に座っている。ちょっと優しくするとつけあがる、という中学時代の評判通り、なんだか急にリラックスして椅子の背にだるそうに体を預けている。言葉もタメグチになっていた。

「そういえば、意識を失う瞬間、田辺さんのことを思い出したんだっけ。で、気づいたら、ここにいて……また戻れるかな」

人の目を見ず、まぶたが裏返るようなまばたきをしながら、早口で捲し立てるのは、中学時代と変わっていない。

「無理だと思う」

菜緒がそう言うと、そこだけ丸い頬をふくらませて唇を突き出した。死んだのは先月の上旬。一か月以上前だ。

「どっか行ってくれない」

「でも、どこへ行けばいいのか……」

「……墓地」裸でも寒くはないらしい本村がぶるりと体を震わせた。

「近くに墓地がある。ここを出て右手に道なりに歩いて、コンビニの角を右」

でヘタレなヤツだ。「ここから出て行く方法もわからないし」「無理」死んでまで
ドアに貼った魔除けの護符は剥がしたのだが、本村は「それ、なんの関係もない」と言い切る。やっぱりうちの親父は、だめんボーズだったか。

「なんだか知らないけど、その方法っていうのを、早く見つけて」

「はい」

「見つかるまでは私の前に出てこないこと」

「はいはい」

「はいは一回。とりあえずなんか着て」

雑巾にしようと思っていたどうでもいいTシャツを貸した。チビで細いとはいえ男だから、私の通常サイズではキツイだろうと思っていたら、すんなり着こなした。腹が立ったから、違うのにする。

「これにしよう」

「えー、なにそれ」

これも雑巾候補のピンクのパジャマの上下だ。胸にキティちゃんが縄跳びをしている絵が入っている。もし今度またこいつが出てきても、これなら怖くない。

「ひらめいた。リボンもつけようか」

ほんとうにつけることにした。ムクゾーのと共布(ともぎれ)のブルーのやつ。ムクゾーは首に巻いているだけだけれど、本村には頭のてっぺんの髪を束ねて結んだ。豆柴(まめしば)にはできないから、やってみたかったのだ。

「やめて。ひどい」と本村は言うが、言葉ほどには嫌がっていない。頬が紅潮していた。

「そう思ったら、早く出てってよ」

「がんばります。出ないように気をつけます」

その言葉どおり、それからしばらく本村は出てこなかった。

6

ムクゾーにあやまりたい。他人に見られて暮らすことがこれほど苦痛だとは思わなかった。

どこかに本村がいる、どこかからふいに現われるんじゃないか、そう考えると、家の中でも常に緊張を強いられる。おちおち着替えもできず、トイレにも行けやしない。便秘がますます酷(ひど)くなった。

風呂に入る時には必ず声をかける。

「本村、ぜったいに見るなよ、見たら殺す」二度目の死が訪れるよ。

とはいえ、そのうちに、姿は見えなくてもどこにいるのかがある程度わかるようになった。ムクゾーがときおり何もない空間をじっと眺めたり、吠え立てたりするからだ。祖母譲りの霊感というやつなのか、菜緒自身も気配を感じることがある。本村が近くにいると、室内干しをした時みたいに空気がどんより湿って、ざわざわと揺れるのだ。

何日もすると、無意識にお腹をへこまして歩いたり、化粧を落とす時間を遅くしたりするのが馬鹿らしくなってきた。どうせ幽霊だし。しょせん本村ごときだし。気が緩むと尻も緩む。だから今日は、このところ我慢していたおならを盛大にしてしまった。

ぷう。

ざわざわざわ。

臭かったか。本村、すまん。夕飯は餃子だったからな。

新聞紙の上に座ってやすりで魚の目を削っているとまた、

ざわざわざわ。

そうか、彼女いない歴＝年齢だろう本村の私に対する——おそらくは女性全般に対する、見当はずれの自分勝手な幻想を打ち砕けば、成仏が早まるかもしれない。

湿った空気の方向に、餃子臭いゲップを吐き、もう一度おならをしてやった。げぇぽ。ぷぷっぷぅ。

ざわざわざわざわざわざわ。

7

一週間後。ようやくペット可の物件が決まりかけた時、ふいに不安になった。

あの男が新しい物件にもついてきたらどうしよう。別にこの部屋に取り憑いているとはかぎらない。確かめて、なおかつ釘をさしておく必要があった。

「本村ぁ、出てこいよ」

返事はない。だが、まだこの世から消えたわけではないはずだ。昨日もお風呂に入ろうと服を脱ぎかけた時、背中のほうから鬱陶しい負のオーラが押し寄せ、空気がざわざわ揺れた。だから、気配の方向の宙をすね毛を剃るためのレディースシェーバーで切り刻み、浴室のドアの前にムクゾーをお座りさせてから入った。

コンビニへ行って、表紙が美少女アニメの雑誌や、水着のアイドルが笑っている漫画本、ポテトチップスやコーラを買った。ダメ元でそれをキッチンテーブルに置く。いくらなんでも享年二十七にもなる男を舐めすぎている気がしたが、ダメ元でもなんでもなかった。

食器洗いから振り向くと、キティちゃん柄のピンクのパジャマを着た本村がキッチンテーブルでポテチをつまみながら美少女アニメ雑誌を読んでいた。

「もっとむらくん」

「うわぁ。なんで、そこにいるのさ」

それはこっちのせりふだよ。

「聞きたいことがあるんだ。私、このマンションを引っ越すつもりなんだけど、その場合、あんたはどこに行くの」

本村が首をかしげると、ムクゾーとお揃いのブルーのリボンも揺れた。

「仮説だけど」

「カセツ？……」仮設住宅？

「仮の説。あくまでも私見だけど、僕は生まれ変わりを待っているんじゃないかな。リインカーネーションの途上にいて、新しい一歩を踏み出せずにいるんだと思う」

なんだか自分探しをしている自意識過剰野郎みたいな面倒くさいせりふを口にする。

「もっとわかりやすく言ってよ」

「仏教用語で言うと、輪廻転生」

ふむふむ、と頷いてみせたが、じつは仏教用語にもさほど詳しいわけじゃない。

「僕の意識は日に日にこの世界から遠のいている、そんな気がするんだ」

「あ、そおぅ」

菜緒の相槌が嬉々としていたからか、本村がすねたように頬をふくらませ、フグになった頬を破裂させて続きの言葉を吐き出す。

「そのかわり、なぜ僕が死んだのかは、少しずつ思い出してきた」

え。そこ、まだ自覚してなかったのか。

「その理由が僕をこの世に繋ぎ留めている気がする」

「私に恨みとかはないよね？」

「うん、それはない」

かえって嫌な予感がした。

「まさか、私を守ろうとか、見当違いなことを考えているのではあるまいな」

「う、うん」ＹｅｓなのかＮｏなのかわからない答えが返ってくる。

「じゃあ、あのポエムは何？」

「ポエム？」

「あんたがベッドの部屋に置いたＤＶＤ。妙な映像とテロップが入ったやつ」

「はて、面妖な」

「綿羊？」

「不思議で奇妙だってこと」

「あんたが使う言葉じゃないよ」

「へえへえ」

「このあいだもカルピスウォーター勝手に飲んだでしょ。やめてよね、気持ち悪い」

何日か前だ。このところ冷蔵庫が勝手に開けられた気配はなかったが、今回は開栓していないボトルのキャップが開けられ、三センチほど減っていた。

「カルピスウォーター？　勝手に飲んだ？　なんのこと？」

「とぼけたってムダだよ。欲しければ買ってやるから、私のには手をつけないで」

「はて、面妖な。だって僕、ほら――」本村がコーラを口のみする。一気飲みをしたはずなのに、テーブルに下ろしたボトルの中身はまったく減っていない。「姿は現わせても、この世のものに物理的な関与はできないみたいなんだ」

菜緒は台形になった唇に両手をあてがった。

「じゃあ――」ストーカー問題はまだ解決していない？　本村以外にも部屋に上がりこんでいる人間がいるってこと？

「ねえ、私がいない時に、誰かがここに入ってきたの、見かけなかった？」

「ううん。僕は夜型なもんで」

「いつもどこにいるの」

「まあ、そのへんに適当に――そのDVD、見せてくれない？」

「やだ。気持ち悪いから、ちょっと見ただけで止めた」あの時はまだ大切な証拠だと思っていたから捨ててはいない。

「全部見た方がいいよ。そういう人間って、正体を隠しつつ、じつは自分を知って欲しいっていう願望も捨てきれなくて、ヒントめいたものを、わざと残していたりするから」

なるほど、と頷いてから菜緒は首をかしげた。

「なぜ、くわしい？」

「なんとなく、基礎知識として」

菜緒は幽霊の本村と並んでテレビ画面を眺めている。ムクゾーは本村の膝の中だ。なぜ、私より懐く。いつのまに手なずけたのか、ムクゾーは本村の気配には吠えなくなった。映像にポエムが流れはじめると、本村が眼鏡のブリッジを押し上げた。

「ふん。たいした編集アプリは使ってないな」

高台から草むらを見下ろすシーンになると、画面に身を乗り出した。

「建物の屋上とかじゃないはずだ。最近はどこも屋上には侵入できないようになっているから。どこか橋の上――」そこで本村は言葉を切って顔を歪めた。自分のことを思い出したのか、もう思い出していて記憶がフラッシュバックしているのか、菜緒にはわからなかった。「いや、駅のホームじゃないかな」

「駅のホーム？」

それらしいものは何も映っていない。画面に広がっているのは草むらだけだ。

「うん、間違いない。ここは高架駅のホームだ。ほら、いま聞こえた音、どっかで聞いたことない？」

巻き戻して耳を澄ますと、確かに電車が発車する時の音楽、のような気がする。

「これ、田辺さんの使ってる路線の発車メロディだよ」

「なんでそんなこと知ってるの」私ですら覚えていないのに。

「電車、好きだから」

本村は高校卒業後、東京の電気系の専門学校に通っていたが、なじめずに一年で大分に帰ったそうだ。それ以来、定職にもついたことはないらしい。

「わざわざ私の家の近くでこれを撮ったってこと？」

「いや、というよりも、この男の——いや、女である可能性も捨てちゃだめだけど、映像をつくった人間の自宅近くだと思う。最寄り駅かもしれない。自分に気づいてくれっていう無言のサインとして残すなら、そうするはずだ。もしかしたら、犯人はわざわざ田辺さんの家の近くに引っ越したのかも」

同じ路線を使っている知り合い。誰かいたっけ。

昔の男の住まいは、ここからは遠い。菜緒ができるだけ遠い場所を選んで引っ越したのだから。課長？　いや、埼玉の一戸建てに住んでいる。同僚の中では——

菜緒にヒントを与えるように本村が蘊蓄を垂れる。

「高架駅のホームのフェンスは危険を防止するためにたいてい高いのに、フェンスはまるで映っていない。ということは、フェンスの上からカメラを向けたんだと思う。踏み台を使ったりなんて人目につく面倒なことをする価値があるほどの景色でもないのに。つまり、犯人は背の高い人間だ」

ふいに菜緒は思い出した。

杉原くんをうちに呼んだ時のことだ。

エレベーターを二階で降りた杉原くんは、私の先に立って歩いた。すたすたと外廊下を左手に。部屋番号も教えていないのに。

部屋に入って、なんの迷いもなく奥の部屋のドアを開けて、箪笥の上に置いたパソコンを手に取っていた。頭がパニックだったあの時は、背が高いのねえ、と感心しただけだが、ふつうは箪笥の上にパソコンがあるなんて気づかない。ノートパソコンは目立たない黒いカバーに入れていたのだから。

そうか、私も立花さんも昼食の時は外の店に行く。他の部員も会社の近くか外回り先で食事を済ます。でも、杉原はたいてい職場に戻ってカップ麺。菜緒はいつもポーチだけ持って出て、鍵を入れたメインのバッグは会社に置きっぱなしだ。その間に合い鍵をつくられたんだ。会社近くの『5分でOK』の鍵屋さんで。

残業の多い杉原と一緒に帰ったのはこのあいだが初めてだが、朝の通勤電車でときどき出くわすようになったのは、一か月ぐらい前から。引っ越したのか。新入社員で得意先が譲られたものしかない杉原のおもな仕事は、新規開拓。いわゆる飛び込みだ。逆に言えば、朝、会社から出てしまえば、どこへでも好きに行ける。

「すごい、本村くん」

うっかり名前に『くん』をつけてしまったら、本村が頭を撫でられた犬みたいな顔になった。豆柴（まめしば）ではなく、チャウチャウの顔だ。

どうしてくれよう、杉原め。菜緒はしばし策略を練り、そして、うふふと笑った。

「どうしたの、田辺さん、ぐふふなんて、悪代官みたいだな」

「ぐふふ、なんて言ってないから」

本村に作戦を伝える。嫌がったが、招かれざる居候に拒否する権利などありはしない。

「よしっ、さっそく明日（あした）決行だ。あんた、ちゃんと早く起きるんだよ。朝から待機」

「なんだか怖いな」

「気のせいだよ。あ、明日はその服、脱いで。パンツだけでいい。なんならパンツなくても許す。眼鏡もなし。そうだ、メイクもしよう。いまのうちにしておこう」

化粧道具をキッチンテーブルに置き、ふだんは使わない濃いブラウンのアイシャドウを本村のちっこくて黒目がちの目の周りにパンダのように塗った。目もとはアイライナーで黒々と縁取りをする。唇には、自分でもなんでこんな色を持っているのか忘れた紫系のリップを。

頬もアイシャドウで焦げ茶に塗ると、骸骨（がいこつ）じみた顔がますます骸骨みたいになった。顎（あご）を上げさせて仕上がり具合を確かめる。自分でメイキャップしたのに、思わず呟（つぶや）いてしまった。

「うわっ、怖っ」

本村が不安そうに言う。

「僕にできると思う？」

「君じゃなくちゃできないことだよ」

菜緒がそう言うと、本村は少し笑った。中学時代をふくめて初めて見る表情だった。上唇だけめくりあげて、前歯を剝き出しにする、気持ち悪い笑顔だったが。

8

「後は頼んだぞ、本村」

杉原の今日の仕事のスケジュールを内勤の菜緒は把握していた。午後は課長とともに得意先回りだが、午前中いっぱいは飛び込み営業。考えてみれば、見守りカメラに足首が映っていた時も、ＤＶＤが置かれていたのも、杉原の飛び込み営業の日だった。担当エリアは違う場所だが、菜緒の住む街には二十分も電車に乗ればやってこられる距離だ。

「だいじょうぶかな」

裸の本村にはまるで迫力がなかったので、全身に包帯を巻き、ところどころを口紅で赤く染めている。

「だいじょうぶ。君は無敵だ。みんなが君を恐れるはずだよ」

励ますと、笑顔を見せた。笑うとよけいに恐ろしい。

「その表情、忘れずにね」

「魔王のお心のままに」

「そういうのいいから。調子には乗らないように」

成功したとわかったのは、昼になり、営業部員たちが午前の仕事から帰ってきた時だ。いつもは正午になってから姿を見せる杉原が、今日はやけに早く戻ってきた。その顔からは魂が抜け落ちていた。どこかに表情を落としてきたかのようだった。アタッシェケースを持つ手が、離れたデスクにいる菜緒の目にもはっきりわかるほど震えていた。営業焼けした顔色も青ざめて見えた。

杉原がパソコンを立ち上げたとたんに、「ぎゃあ」と声をあげた。

「どうした杉原」課長の咎める声と視線にも、返事をしない。返事ができないのだろう。ふっふっふ。本村に教わったとおり、漫画喫茶からヤツにメールを送っておいたのだ。開くと、真っ黒な画面に赤い文字で『呪』と大きく書かれている画像を。

杉原がイヤイヤをするように首を横に振っている。目が何かを探してあちこちに泳いでいた。脳味噌が凍るほどの恐怖体験をした人間とは、こうなるものなのか。自分が見てしまったものを、人に話せば少しは楽になるのだろうが、ぐふふふ、言えまい。なにしろ他人の、同僚女性の家に不法侵入して見てしまった光景なのだから。証拠もばっちり残っているはずだ。杉原が侵入してくるところも、恐怖にかられて逃げ帰った瞬間も。絶叫したに違いない音声も。録画機能をオンにした見守りカメラを玄関の鉢植えの陰に隠しておいたのだ。

驚いただろう。本村には「姿を見せてから、ヤツの目の前で消えろ」と指示しておいた。「やればできると思う」そうだが、一緒に暮らしている菜緒もまだ、そんな恐ろしい光景は見たことがない。あとは証拠の動画を警察に突き出すだけだった。

杉原が突然叫びだした。意味不明の言葉をわめきながら、職場の壁に頭を打ちつけはじめる。

「なにしてるっ」

「やめろ杉原」

営業二課は大騒ぎになった。立花さんが目玉をめいっぱいふくらませた顔を菜緒に向けてくる。「六月病？」菜緒は、さあ、というふうに首をひねった。

9

「乾杯っ」

菜緒は缶ビールを本村のコーラのボトルに叩き合わせた。警察に訴えるまでもなく、あの日、叫びながらオフィスを飛び出した杉原は、以来、会社には来ていない。

「あとはあんただね」

「僕？　あとって何？」

寝室のテレビでのん気に恋愛リアリティ番組を眺めていた本村が、捨て犬みたいな目を向けてくる。

「……いや、ほら、早く成仏できるといいなぁって」

幽霊のくせにダイエットコーラを銘柄指定してきた本村が、じゅるじゅるとペットボトルをすすりながら、遠くを見つめる目をした。

「ようやく思い出したんだ。僕がなぜ死んだのか」

「え？」私のせいだとか、やっぱり祟ってやるとかは、かんべんして欲しいんだけど。

「私、あなたに何かした？　何もしてないよね」

中学の時にいじめに加担した覚えはない。この間の同窓会の時も、本村をからかう会話に加わったりはしなかったし、思わせぶりな言葉をかけたりもしていない。ようするに完全に無視していた。

「別に田辺さんには関係ないよ」

「でしょでしょ」

「僕、好きな子がいたんだ」

いや、やめて、重いよ。と思いつつ菜緒はついついプリクラを撮る時みたいな上目づかいを向ける。本村は珍しく口ごもってから、こう言った。

「よく行くコンビニでバイトしてた子」

え？　失恋って私にじゃなかったの？　菜緒の胸の奥の棘が、ぽろりと落ちる。心底安堵した。安堵したのに、棘の穴に小さなすきま風が吹きこんできた。なんとなく裏切られた気にもなって。

「じゃあ、なんで私のところに来たの」

「中学の時、僕がカトウくんやオオハラくんにズボンとパンツを脱がされそうになったの、覚えてる？」

菜緒は首を横に振った。

「あの時、田辺さんがカトウくんたちに、言ってくれたんだ。『やめなよ』って」

「ああ」それで思い出した。あの時の菜緒のせりふには口にはしなかった続きがあったのだ。やめなよ『気持ち悪いから』だ。だが、そのことは黙っていた。

「あの時、田辺さんが僕を守ってくれた。だから――」

「だから、今度は私を守りに？」ストーカーの存在を霊感で察知して？

ちょっといい話だ。相手が本村じゃなくて、美しい少年だったならば。もういいんだよ、終わったんだから、と言ってあげたくて、菜緒は再びプリクラ目線で本村を見つめた。

「いや、また助けてもらおうと思ったんだと思う」

「なにそれ」

「僕、その子のことが気になって、あとについていったり、自宅を見守ったりしたんだ」

「……あんたもストーカーだったのか」

「そういうのじゃなくて、ただ、まめにつきまといを……」

「それをストーカーっていうんだよ」

「そうしたら、ある日、彼女の彼氏だっていう男が現われて、全部知ってるんだぞ、慰謝料を寄こせって脅されたんだ。お金をむりやり引き出さされて……」

髪のサイドの剃りこみに稲妻が走り、眉にピアスをした男だったそうだ。哀れな。哀れすぎる。ストーカーも満足にできなかったのか、本村よ。

「彼女も一緒だった。その時、その子が言ったんです」

「やめなよ、って？」

本村が首を横に振る。悲しそうに。今日も本村のピンクのパジャマの膝にいるムクゾーの背中を撫でながら、言葉を続けた。

『うざいから、そいつ、しめちゃって』って。で、橋に連れて行かれて、裸になれ、川に飛び込めって……」

「で、飛び込んだ、と」

「というか、後ろから押されて——」

「それ、殺されたってことじゃないの」

許せない。

「証拠とかないの。橋って、弁鶴橋でしょ。あそこなら防犯カメラに映ってるんじゃない？」

本村がまた首を横に振った。

「一か月以上前だから」本村が死んだのは五月初旬。来週はもう七月だ。「防犯カメラの映像って、だいたい一か月で消去されるんだ」

「なんで知ってる」

「いろいろ調べた。彼女を見守るルートを、あれこれ変えるために」

同情の余地がいっきに少なくなったが、気を取り直して言ってみた。

「ねえ、お金を引き出したのって、ATM？　そいつらも一緒についてきたんでしょ」

たぶん銀行系の映像なら、もう少し長く保存されるはずだ。昔、銀行の防犯カメラに映った二か月も前の父親の映像が、何かの事件の犯人に似ているとかで、取り調べを受けたことがあった。スキンヘッドで徳の薄い容貌だから、私服の時の父親はその筋の人とよく間違われる。

「警察が調べてくれるかな」

「証拠さえあればいいみたいだよ。そうだ、パンツ脱ぎな」

本村が全裸の乙女みたいに胸と股間に手をあてがう。勘違いするなよ。最初に見た時から気になっていた。本村のブリーフの尻に残っていたのは、血しぶきというより、赤いハンコみたいな痕だった。

「橋から落とされる前に殴られただろ、だいぶ」

「そりゃあもう」

たぶん、あれは、本村の血がついた指の跡。犯人の指紋だ。

10

テレビに眉にピアスをした男が映っている。組んだ両手にはモザイクがかかっていた。

今日、大分で逮捕された殺人事件の容疑者の映像だ。十九歳の少女は否認しているが、

この男が全部ぶちまけて、やはり逮捕されることになるそうだ。

菜緒は、本村から聞き出した少女Aの名前をかたって、懺悔をしているふりの文章とともに、本村が殺された日付や状況、ATMの防犯カメラを調べればわかる、という内容の手紙を書いて大分県警に送った。本村のパンツも同封して。

「本村ぁ、見なよ。こいつなんだろ」

寝室の座卓の上には、ニュース番組が始まる前に用意した、ダイエットコーラとポテトチップスが並べてある。

「一緒に見ようよぉ、ニュース」

何度呼んでも本村は姿を現わさなかった。空気のざわざわもない。ムクゾーも吠えない。

ふむ。

なんだ、もういないのか。

そうかい。挨拶なしかい。あんなに面倒見てやったのに。結局、引っ越しもやめたのに。自分を殺した犯人が捕まって、ようやく成仏したか。

もちろん菜緒は心から安堵した。亡者からようやく解放された喜びに頬が緩んだ。でも、たぶん気のせいだとは思うが、同窓会がお開きになって、ぐずぐずと席を立つ時と似た気持ちがしないでもなかった。かけるべき言葉がまだあった気がした。

気配のない空間に声をかける。

「しっかり生まれ変わるんだよ。今度は幸せになれよ」

成仏する前に、もう少し人生を楽しませてやればよかったか。頼まれて拒否した、アイドル写真集を買ってやるとか。消えるとわかっていれば、もう少し優しく接するとか。いや、無理。菜緒はきっぱり首を振る。やっぱり男は美しくなければ。それか、可愛いか。ムクゾーみたいに。

「ムクちゃーん、また二人きりになりまちたねぇ」

毛皮の天使を抱き上げると、くぅあぁぅん、とねちっこい甘え声を出した。

ムクゾーが笑った。ないはずの上唇をめくりあげて、前歯を剝き出しにして。

ダブルトラブルギャンブル

双子で生まれるってどういうことかわかるだろうか。

双子に生まれるってどういうものかわかるだろうか。

たとえばそれは、等身大の鏡を眺めながら暮らしているようなものだ。

等身大の鏡って変だな。鏡に映るのはふつうみんな等身大じゃないの。

あるいは、ドッペルゲンガーと日々遭遇しているような感じだろうか。

ドッペルゲンガーなんてちょっと大げさ。知らない人も多いだろうし。

少し静かにしてくれないかな、礼。いまこうして話しているのは僕。名前は仁だ。僕らの目の前にはレコーダーが置いてある。ここまでの言葉の半分は、僕の言うことをいちいち訂正したがる礼が喋っている。声まで似ちゃっているから分かりづらいかもしれないけれど。

だって仁の言葉はいちいちおかしいからさ。誰かに聞いて欲しくてやっているんだから、正確に記録しなくちゃ。声だって同じじゃないよ。低めでハスキーなほうが俺。

いまのが礼。ほかの言葉には賛同しかねるけど、ひとつだけ正しい。そうなんだ、僕らはいままでの自分たちのすべてを正確に記録しなくちゃならない。

正確に記録しなくちゃならない。

なぜなら、僕らは、もうすぐ双子をやめるからだ。


十九年前、僕たちは一卵性双生児として生まれた。僕が兄。仁だ。

十九年前、俺たちは一卵性双生児として生まれた。俺が弟。礼だ。

最初から話そう。僕らは生まれた時からいつも一緒だった。

そうでもないよ。

といっても、人間の知能って生まれてからの数年間はチンパンジー以下だそうだから、5歳ぐらいまでの記憶は僕らにはない。幼い頃のことのほとんどは後から聞いた話だ。

うききききき。

あのさ、礼。これを聞いた人が混乱するといけないから、口をはさむのはやめてくれないか。最初は僕のほうが喋るって約束だろ。

うきっ。

というわけで、ここからしばらくは僕、仁が話すことにする。当たり前なんだけど、僕らは本当によく似ていた。めだつところに判別するためのしるしになるようなホクロやアザもない。

保育園に入った頃、母親は僕ら二人の区別がつくように、別々のデザインの服を着せて通わせた。でも、母親でさえ、お風呂(ふろ)の中では蒙古斑(もうこはん)の模様の違いでようやく判別していたくらいだから、保育園のみんなに見分けろっていうほうが無理だった。

「じんくんあそぼう」

「え」

「れいくんいじわるきらい」

「え」

保育園の先生たちだって同じ。

「仁くん、だめよ」

「それレイだよ」

「礼くん、もっとしっかり」

「ぼくジンだってば」

僕らの通っていた保育園では名札はつけない決まりだった。ピンで怪我をする、遊具に引っかかるから危険、新任の先生が積極的に名前を覚えなくなる、などなどの理由で。

そのうちに僕らはどっちの名前で呼ばれても返事をするようになったそうだ。右手を出してと言われて、たまたま右手が塞がっているから左手を出すようなもの。僕は礼でもあり、礼は僕でもある。そう思っていたのだと思う。

母親へ宛てた連絡帳の記述も、あきらかに仁と礼を取り違えていることがしょっちゅうあったらしい。

「礼くんは風邪気味ということで、他の子とは離して一人遊びをしてもらったのですが、とても元気でした。むしろお外遊びをしていた仁くんのほうが元気がなかったようです」

「仁くんのほうはなかなかお昼寝をしてくれません」

「礼くんは歯みがきがまだ苦手なようです」

「仁くんは自分でころんでひたいに小さなコブができました。問題はありませんでしたが、ご報告しておきます」

これでは育児に支障をきたす。二人の個性が育たない。シングルマザーだった母親は、他人の倍の気苦労と意地と熱意を背負いこんでいた――いや、僕らが「×2」だったから4倍だったかもしれない――なんとかしようと徹夜をして僕らの着る服すべてにフェルトのひらがなワッペンを縫いつけた。

『じん』

『れい』

でも、この計画はすぐに頓挫した。ほかの保護者からクレームが来たのだ。「仁ちゃんと礼ちゃんだけ特例を認めるのはおかしい」「名前を覚えやすいと先生のえこひいきにつながる」などなどの理由で。本当の理由は「僕らの母親がほかの親たちと仲が良くなかった」からだと思う。僕らの住む田舎町の保育園でもシングルマザーは珍しくなかったけれど、子どもが生まれてから離婚した母親と、結婚もしていないのに子どもが生まれてしまった母親は、別の種類の人間と見なされる。

フェルト名札作戦に失敗した母親は、さらなる一計を案じた。僕と礼、それぞれの色を決め、いつもその色の服だけを着せるようにしたのだ。Tシャツからダウンジャケットまで。いわばテーマカラーだ。

僕の服の色は赤。夏も冬も。

俺の服の色は青。春も秋も。

これには写真が証拠として残っている。昔のアルバムの中の僕らの服は、どの写真を見ても2連式信号機みたいに赤と青だ。髪形も微妙に違う。僕の前髪はザクザク切り。礼は定規を当てたようにきっちり真横に切り揃えられている。

色だけじゃなく、僕の服の柄はキャラクターや動物。礼は英語や数字や図形と決まっていた。これには区別がつきやすいという以外にも意味があったらしい。

姿かたちが同じだからって、性格まで似ているとはかぎらない。幼い頃の僕らの遊び方はだいぶ違っていたそうだ。僕はつみ木やブロックで何かをつくるのが好き。礼はキャラクター人形やぬいぐるみを誰かに見立てたごっこ遊びが好き。

いま考えるとこれは、僕らの家の数少ないおもちゃを取り合いせずにお互いにうまくやっていくための、本能的な棲み分けだったんじゃないかと、僕は思う。

俺もそう思う。

同じ絵本を読み聞かせしても、人や動物を指さして「なに?」と聞き、続きをせがむのは礼のほうで、僕はアヒルやリンゴの数をかぞえたり、「なぜ?」と質問して、いつまでも次のページにいかせない子どもだった、と母親は言う。

これも二人の双子歴のごく初期の頃、礼がまず未知の事象が何であるかを確かめ全体像を把握し、続いて僕が、その数や意味を確認して細部の検証をする、という二人の役割分担ができていたからじゃないかと思うのだ。違うかな。

仁の言うことは理屈っぽすぎるけど、まぁ、そうかもしれない。

つまり、母親が二人の服の柄にこだわったのは、仁には情緒的なものに、礼には理知的なものに、もっと興味を持って欲しいという願いがこめられていたからだった。

でも、母親は大きな誤算をした。

自分が着ている服に何が描かれているかなんて本人には見えない。僕の服の柄を誰よりも見ているのは礼で、礼の服を見ているのは誰よりも僕だった。

最初は小さな枝分かれにすぎなかった二人の性格が、どんどん別々の方向へ向かっていったのはそのためじゃないかと思うのだ。放射状幹線のように。

東西を分かつ三叉路みたいに。

だから僕はいまでも数字や図形に惹かれる。好きな色は青。

だから俺はいまでも物語や言葉に惹かれる。好きな色は赤。

今度は俺に喋らせろよ。ここからは俺、礼が話す。いろいろ面倒事は多いけれど、双子っていうのは便利なシステムだ。そのことに俺たちが初めて気づいたのは、小学三年の夏だった。

4年生じゃなかったっけ。

こまかいな仁は。まぁ、仁がそういうなら四年の時だろう。夏休みの間、俺たちは毎朝、町内会のラジオ体操に行かされた。なにしろ暇だったから。地元の物産センターに勤める母親は夏はいつも以上に忙しく、そもそも金の余裕がないから、俺たちは泊まりがけの旅行なんてもんには縁がなかった。

といっても、俺のほうは腹が痛いとか、熱っぽいとか、あれこれ理由をこしらえて何度もサボっていたのだが、仁はくそ真面目に毎日通っていた。

八月の終わり、あと一日で皆勤という日に、仁が熱を出した。無理して出かけようとしたのだが、体温計のデジタル数字に目を剝いた母親に止められた。「とんでもない。絶っ対に行っちゃだめ」

なんてこったい。

皆勤賞を狙っていたのに。ラジオ体操に毎朝通っていたのは、仁の性格のためでもあるが、賞品が欲しかったというのがいちばん大きな理由だった。子どもの参加者が年々減っていることに危機感を覚えた町内会が、ここ数年は一人もいない小学生の皆勤賞の賞品を遊園地のペア招待券にしたのだ。

賞品の存在を知ったのは、俺がすでに二回サボっちまった後だった。なんてこったい。

知ってたら、俺だってちゃんと行ってたのに。

俺は仁に言った。

「ねえ、いいことに気づいちゃったんだ」

俺が言い終わる前に、ひたいに熱さましシートを貼った仁も言った。

「ねえ、いいことに気づいちゃったんだ」

俺たちが考えていたのは同じことだった。

小学四年生だった俺たちにとっては大発見。

簡単なことだった。俺が仁の出席カードを持って体操をしに行けばいいだけの話だ。

とはいえ、パジャマをTシャツと半パンに着替えている間も俺の心臓はバクバクしっぱなしで、鼓動が肋骨をコツコツと叩いていた。小学校に入ってからはクラスが一緒になることはなく、もう服の色を赤と青に分けたり、柄に別々の意味を持たせたりということはなくなっていたが、同じ服は着せないというのが相変わらず母親のポリシーだったから、まず仁のいつものTシャツを着て、そのうえから俺のポロシャツを重ね着した。

バクバク。バクバク。

葉書サイズの出席カードを裏返しにして首にかけ、キッチンでおかゆをつくっている母親と顔を合わせないように玄関から飛び出した。

ポロシャツを脱いでアパートの生け垣の中に隠し、きっちり揃った前髪を唾をつけた指でくしゃくしゃにした。会場の公園で常連の大人や仁のクラスの誰かに声をかけられるたびに、心臓が肋骨を叩いた。

「おはよう。今日は一人？」

「うん、ぼくジンだよ」

コツコツ。

「あれ、もしかしておまえ、今日で皆勤賞？」

「うん、おれジンだよ」

コツコツ。

聞かれもしないのに名のり続けた。

話は逸れるけれど、ここまで俺は「俺」、仁は「僕」っていう一人称で喋っているが、それは半分はレコーダーに吹きこむ便宜上だ。ほら、「俺」か「僕」かは相手や場面で使い分けるだろ。少なくとも仁はそうだ。俺はどんな相手にも基本、俺だけどな。

本題に戻ろう。

俺が仁に化けていることは、結局最後まで誰にも気づかれなかった。俺は心の四分の三でホッとしたが、じつは四分の一で寂しかった。

まぁ、仁がクラスで目立ってなかったのが幸いしたんだろうな。

よけいなお世話だよ。

いまはまだ俺の番だぞ。出てくんなよ、仁。

というわけで、俺たちは皆勤賞を手に入れた。遊園地の招待券を見せたとたん、二人が何をしたかを瞬時に理解した母親は酷く怒った。俺たちは泣きながら訴えた。

どうしても遊園地へ行きたかったんだ。

どうしても遊園地に行きたかったんだ。

だって夏休みなのにどこにも出かけてないから。

だってお母さんといっしょに遊びたかったから。

母親も泣きだしてしまった。

九月の最初の日曜日、俺たちは遊園地へ出かけた。鮭とおかかのおにぎりと、ウインナーソーセージと、から揚げのお弁当を持って。家から電車とバスで四十分かそこらの場所なのに、中に入ったのは初めてだった。

遊園地の名前は〝ピーナッツパーク〟。落花生畑の跡地にできた施設だからそう呼ぶのだと、その日初めて知った。入場口の脇に立つ馬鹿でかいピーナッツの着ぐるみからそれぞれ赤と青の風船をもらった俺たちは、遊園地の真ん中に建つピーナッツのかたちのエアドームに向かって走った。ジェットコースターも観覧車もなく、メリーゴーランドとミニ動物園のアルパカが目玉の遊園地だったが、あの日の俺たちにとっては、ディズニーランドだった。

あの日のことはいまも覚えている。

あの日のことはいまでも忘れない。

そろそろ替わろうか、礼。礼が思い出にひたって遠い目をしちゃったから、ここからはまた僕、仁が話を続けよう。

同じ年の2学期のことだ。今度は礼が熱を出した。といっても仮病。体温計をこすって37・5度まで上げてから母親に見せただけ。あっさり見抜かれた。本当に熱を出したら、卵かけご飯を2杯もおかわりするわけがない。「もう一回はかってみな。わたしの目の前で」

その日、礼のクラスでは分数のテストをやることになっていたのだ。双子なのに僕は算数が得意で、礼はまるでだめ。礼のクラスの担任は学校でもキビシイことで有名で、テストで50点以上とれなかった生徒は、昼休みの校庭サッカーを禁止されてしまう。その話は僕も礼からさんざん聞かされていた。

「なあ、兄ちゃん、頼みがあるんだ」

礼が僕のことを兄ちゃんと呼ぶのは、何か魂胆がある時だけだ。礼の頼みが何なのかは聞かなくてもわかった。

「いや、それはちょっと無理かも」

自分の身代わりになってテストを受けてくれって言いたいのだ。だが、今度のミッションは、ラジオ体操よりずっとハードルが高かった。

「頼むよ。コナンの新刊、俺が買うから」

「やってみよう」

2時間目の後の休み時間にまず僕がトイレに行き、奥のほうの個室に入った。すぐにノックの音と、ひそめた礼の声がした。

「ピーナッツ」

僕は合い言葉を返した。

「パーク」

ドアを20センチだけ開けて礼を招き入れ、服を交換する。ドアの10センチのすき間から誰もいないことを確かめて外へ出た。鏡の前で僕は髪を濡らして前髪をぺったりさせ、礼は指で掻きむしってボサボサにした。

誰とも言葉を交わさなくてすむように、3時間目のチャイムが鳴り、みんなが席につくのを見はからって礼の教室に入った。心臓はドクドクしっぱなしだ。

先生はなかなかやってこない。誰かと視線が合うたびに顔を伏せた。ようやく先生が現われてテスト用紙が配られているあいだも、ドクドク。ドクドク。

名前入りの上履きを交換し忘れていたことに気づいた時には、ゲロを吐きそうになった。吐いたらきっと心臓も一緒に飛び出してきただろう。両足を椅子の脚の内側に折りたたんで必死で隠し続けた。

俺なんか、もっとバクバクだったよ。こっちは普通に授業を受けてたんだから。しかも指されたんだぜ。たまたま国語の授業だったから助かった。「高橋、漢字がだいぶ読めるようになったな」って誉められたよ。

はいはい。すみません。

双子なのに礼は国語が得意で、僕はまるでだめなんだ。

筆跡に関しては心配いらなかった。僕らの書く字はとてもよく似ている。いきなりいい点数をとりすぎても怪しまれるだろうと思って何問かわざと間違えておいたんだよ、礼。

はいはい。悪かったな。

テストが終わると同時に、礼の同級生に声をかけられたけれど、「ごめん、ウンコっ」って叫んで教室を飛び出した。どうせ後で笑われるのは、礼だしね。

さすが双子だ。俺も同じ。「ウンコっ」って言って逃げてきた。

中学生の時にもやったっけな。

中学校の時にもやったっけね。

中学に入った俺たちは別々の部活を始めた。俺がバスケ。仁はサッカー。

一卵性双生児でも性格は別々だし、得意な科目も違うってことは、もうわかってもらえたと思うが、俺たちがたまたまそうなのか、一卵性双生児はそういうものなのか、運動能力はほとんど変わらなかった。身長と体重がまったく同じだってことも関係あるかもしれない。俺たちは二人とも背丈はわりとあるけれど、棒みたいに痩せていて、スポーツではあまり目立つほうじゃなかった。

　仁の入ったサッカー部はいちばん人気で部員も多い。あまりに新入部員が増えすぎたから、校内マラソンで学年三十位以内を取らなかったら即退部、という命令が上級生から下ってしまった。一年の男子は百人近くいる。仁の運動能力では五十位がいいとこだった。

いや、40位ぐらいならいけたと思うよ。

いいから、仁は黙ってな。下手でもサッカーが好きで、どうしても部を辞めたくなかった仁のために、俺たちは、仁を学年三十番以内にするための計画を練った。だが、単に俺が身代わりになったとしても、三十位はそう簡単ではない、と思われた。

と思われた、って誰も思ってないよ。中1の1500メートルのタイム、3秒しか違わなかったじゃない。

もう、うるさいな。で、俺たちはさらに考えた。一人では無理でも二人ならいける。

そう、二人で半分ずつ走れば、タイムは飛躍的に伸びる、はずだ。

計画は周到に進めた。俺たちは小遣いをはたいて同じシューズを買った。そして俺は前日から学校を休んだ。母親を信用させるために、朝ご飯を半杯でやめて。いつも茶碗三杯だから、簡単に信用された。

　男子のマラソンコースは車の少ない田舎道を延々と走る五キロの道のり。田舎道といっても両側は田んぼで、ところどころに監視役の教師が立っているから、入れ替われる場所は限られている。

僕らが目をつけたのは、折り返し地点。心臓破りと生徒たちに恐れられている103段の石段がある神社だ。

仁が登校し、母親が出勤した後、俺はこっそり家を出た。俺たちの住むアパートから神社までは学校よりだいぶ近いが、それでも一キロ以上ある。母親のベースボールキャップを目深にかぶり、体育のジャージの上からいちばん大人っぽく見えるだろう紺のウィンドブレーカーを羽織って、自転車に乗った。そして人けのない道を選んで神社へひた走った。

僕がすべきことは、とにかく中間地点まで全力で走って、30位あたりをキープすること。なおかつ前後にほかのランナーがいないような状況をつくることだ。頭の中の計算上では簡単だったのだけれど、実際には難しい。30番目あたりには退部したくなくて必死で前に食らいつくサッカー部の連中がひしめいていたからだ。

俺たちの誤算はそれだけじゃない。神社の裏手の竹林から境内に侵入しようとした俺は、声をあげそうになった——いや、正直に言えば、ちょっとあげてしまった。ひっ。

拝殿の前に監視の教師が立っていたのだ。しかも体育教師！

俺たちがすり替わろうとしていた、ひしゃくの置かれた手洗い場がやつからは丸見えだった。手洗い場の脇の藪(やぶ)に俺が身を潜めて、水を飲むふりをして近づいてきた仁と入れ替わる、というのが俺たちの作戦だった。人けのない夕方に神社へ行って何度も予行演習をしていたのに。

　僕は礼のがんばりに期待して、順位をわざと37〜38番目に落とした。このあたりなら人影はまばらだった。前の走者との距離はおよそ30メートル。20メートル後方の走者は神社の手前でスパートして引き離した。

　俺は双子同士のテレパシーを信じることにした。俺が考えることは言わなくてもきっと仁に通じるはずだ。境内を囲んだ木立の中を腰を屈めて歩いて、石段のほうへまわりこむ。新しい隠れ場所に身を潜めるために。

　僕は石段を駆け上がっていた。みんなには折り返し地点だけど僕にはゴールだ。ラストスパートのつもりで。30メートル後ろをくっついて離れない後続を一気に突き離すために。こんにゃくになった脚で境内に辿りついたとたん、目を剝いた。
なんてこったい。体育の沖村がいる！　礼はどうしただろう。石段全力疾走のせいだけじゃなく心臓が停まりそうだった。

　拝殿の前の鈴鳴らし紐にタッチして折り返すのがマラソン大会のルールだ。僕は紐にすがりついてビー玉になった目玉で境内を見まわした。その時、頭の中にメール着信みたいにすいっと、ひとつの考えが差し込まれた。僕の考えというより、たぶん僕と礼、二人の考えだ。

　礼はあそこにいる。僕が礼ならきっとそうする。石段の上がり口には、ご神木が立っている。クラス一の肥満児だって隠れられる太さがあり、ちょうどオニムラからは死角になる場所だ。僕は踵を返して再び走り出し、ご神木の裏側に飛びこんだ。

礼がにんまり笑って待っていた。僕は右手を差し出してタッチした。

仁がひきつった顔で走ってきた。俺は左手を差し上げてタッチした。

危なかったよな、あの時は。

うん、距離が半分なら1位をとっちゃうかもって言ってたくせに、礼はぎりぎりの28位だったからね。

いや、そのあと。双子の片割れが休んでるんだぜ。誰かが怪しむんじゃないかって気が気じゃなかった。だから俺はレースが終わった直後に、腹が痛い、礼の病気がうつったみたいだって、しなくていい言い訳をして、保健室で寝てた。

でも。気づく人は誰もいなかった。

そう。疑うやつは誰もいなかった。

意外とわかんないものなんだね。

先入観ってやつじゃないのかな。

僕らにはお互いの違いがはっきりわかるのに。

俺はときどき自分がどっちだかわからなくなる時もあるよ。

僕らは同じ高校に入った。得意科目は違ってもトータルすると学校の成績は似たようなものだったからだ。僕が数学80点、国語が55点なら、礼が数学50点、国語が85点。そんな具合に。中間テストの合計点がぴったり同じだったこともある。

シンクロニシティってやつだろうか。共時性。「意味のある偶然の一致」と呼ばれる現象だ。一卵性双生児の場合、これがやたらと多い。

たとえば、二人で並んで寝ていた頃の僕らは、寝相がいつも同じだったそうだ。

晩ご飯は何がいい？　という母親の質問に、同じメニューを答える。しかもハモって。

同じ時に同じ病気になる。

違う場所にいた日に体の同じとこを怪我して帰ってくる。

別々に買い物に行っても同じ品物を買ってくる。

ヘッドホンで聴いていた曲が、まったく同じだったことによく気づく。

などなど。

そこそこの進学校だったけれど、僕らは大学に行くなんて考えたこともなかった。家の経済力からして、高卒で就職するか、せいぜい2年制の専門学校へ行くかだろうと決めてかかっていたから、みんなが本格的に受験勉強を始めた2年生の頃には、成績はどんどん下がっていった。

僕らが3年生になった春、母親が言った。「あなたたちが行きたいのなら大学に行きなさい」そのくらいのお金はなんとかなるから、と。

なんとかなるお金なんてなかったはずだ。僕らの毎日の弁当の中身を見ていればわかる。なんとかしたかったのは、夢も目標もなく家でだらだらとゲームばかりしている僕らの将来だったのだと思う。母親は物産センターの仕事を終えたあと、夜中まで居酒屋で働きはじめた。

本当は大学に行きたかった僕らは、急遽受験勉強を始めた。でも、一日14時間働いている母親に甘えるわけにはいかなかった。母親がどんなにがんばっても、僕らの場合、入学金も学費も×2だ。奨学金制度を利用したって足りないだろう。最初は二人とも学費の安い国立大学をめざした。でも2年間サボっていた僕らの学力で入れそうな国公立なんてどこにもない！

僕らは大学入試突破のためのプロジェクトを開始した。

受験勉強をするのは、僕は理数系の科目だけ。礼は文系だけに絞った。英語は捨てた。僕が狙うのは、センター試験6教科に合否の重きを置く理系の国立大。僕らのプロジェクトでは、二人同時に国公立大に合格するのは入試の日程上、困難だったから、礼は選択科目に数学があって、独自の奨学金制度が充実している私立大に的を絞った。そして同じ大学に二人とも願書を出す。第二志望なんてない。一発勝負だ。プロジェクトが失敗してそこを落ちたら、就職すると覚悟を決めていた。

そう、またあれをやるつもりだった。

そう、良い子はまねしちゃだめだよ。

受験票の顔写真を撮影する時には、礼は鼻の脇の目立つところにつけホクロをつけ、僕は授業中にだけ使うようになった眼鏡をかけた。そして国立と私立、両方の入試を二人一緒に受けた。

礼の試験の時は、選択科目の数学の前に僕がすり替わった。眼鏡をはずしてホクロをつけて。ホクロがとれちゃったことに気づいた時には焦った。あわててサインペンで描いたっけ。

仁のセンター試験の時は忙しかった。国語、日本史A、現代社会。三教科で俺がすり替わった。現代社会ぐらい自分でやれって言ったのに。

試験官に先入観を植えつけるために、当日の服もそれぞれの受験票の写真と同じものを着て、会場で交換した。入れ替わったのは小学校の時と同じ、トイレの中だ。合い言葉も同じ。

「ピーナッツ」

「パーク」

という訳で。

てなことで。

僕らは首尾よく大学に合格した。

そして、東京で暮らしはじめた。別々の家賃なんか出せないことはわかっているから、ワンルームのマンションに二人で住んだ。同じ場所から通える距離にあることも、それぞれの志望大学を決めた重要なポイントだった。

僕らは二人であると同時に一人。

俺たちはある意味最強のコンビ。

何も問題はないはずだ。

そう、ないはずだった。

大学へ入ってからの俺は最高だった。

大学に入ってからの僕は最悪だった。

自分一人の力では合格しなかっただろう私立大に入れた俺は、しょっぱなから浮かれていた。初めての独り暮らし——いや、二人暮らしか——は楽しかった。

入学してすぐに男女混成のフットサル同好会に入った。練習や試合よりそのあとの飲み会に熱心なサークルだ。学費と家賃以外の仕送りはいらない、と母親に言ってあったから、ハンバーガー屋でバイトも始めた。サークルでもバイト先でもすぐに友だちができた。遊び疲れて夜遅く帰り、マンションの床に大の字でダイブするたび、東京に頬ずりをしている気分だった。ここが俺のパラダイス！

自分一人の力では合格しなかっただろう理系の国立大学に入ってしまった僕は、周囲との学力差に呆然とした。入学したとたん授業やレポートに追われるようになった。礼に聞く「授業？　テキトーだよ。代返してもらうとか」という言葉は、別世界の出来事だった。生活費は礼と二人で出し合うという約束だからバイトもしなくちゃならない。深夜の工事現場でつるはしを握ったり、土日限定で引っ越しの荷物運びをしたり。友だち？　実験室のマウスだけだ。くたくたになって夜遅く帰り、マンションの床にへたりこむたび、そこに穴を掘って東京から消えたくなった。

いつも一緒だった俺たちは、だんだん別々の人間になろうとしていた。

ずっと一緒だった僕らは少しずつ、別々の人生に足を踏み入れていた。

サークルでは何人も女友だちができたのだが、一対一でつきあおうとは思わなかった。好きになってしまった子がほかにいたからだ。

俺たちのマンションの最寄り駅近くにあるコンビニの女の子だ。俺は毎晩のようにそこへ通い、彼女はいつもレジにいた。

明るい声で挨拶してくれる子だった。マニュアルではなく心から楽しそうに。そう長くない髪をしっぽみたいに結わえているのが可愛らしかった。四月に初めて見かけた時にはしていなかった化粧を、少しずつするようになって、ますます可愛くなった。

なにより親近感を覚えたのは、言葉の端々にかすかに混じる独特のイントネーションだ。俺には聞き慣れたものだった。彼女は同郷なんじゃないかと俺は当たりをつけていた。

ある日、思い切ってこちらから声をかけてみた。「もしかして、出身は——」思ったとおり。彼女の出身地は俺たちの住んでいた市の、隣のそのまた隣の市だった。俺たちと同じくこの春に出てきたばかりの専門学校生。

その時をきっかけに、行くたびに彼女と言葉を交わすようになった。地元でも使わなかった方言をときおり織りまぜて。チンをするのに時間のかかる品をわざわざ選び、レジにもう一人の店員がいる時には、彼女に当たるタイミングを計った。早くマンションに帰った日には、彼女のシフトが始まる夕方まで待って、たいして必要のないものを買いに行った。

七月初めのある日、ほかにかける言葉を思いつけず、店内に流れるBGMを「いいね」と俺が言ったら、彼女が瞳の中に星をまたたかせた。わたし、この人たち、大好きなんです。今月、ライブがあるけど、一緒に行ってくれる人がいなくて。

いくしかないでしょ。「俺も大好きなんだ。一緒に行こうよ」

あとで大変だったよ。じつはその曲の名前すら知らなかったから。鼻歌検索でも歌が下手すぎてなかなか出てこなくて。ようやく曲名を探し当てて、初めてバンド名も知り、ついでにライブのチケットもゲットした。

その子のことは僕も知っていた。あのコンビニには僕も立ち寄るからね。一卵性双生児の面倒くさい点のひとつは、女の子の好みが一致してしまうことだ。じつは僕もその子のことが気になっていた。僕はひと言も声をかけられなかったけれど。

彼女をデートに誘ったって礼に聞かされた時には、僕も嬉しくなった。双子の悲しい性だ。自分が認められた気分になってしまうんだ。でも、そのあとで嫉妬した。友だちや普通の兄弟よりたぶん激しく。少なくとも見かけは同じなのだから、たいして性格を知らないだろういまの段階なら、礼のかわりに僕があの子とつきあったとしてもおかしくないんじゃないかって思えて。

彼女とのデートの当日、俺はバイト先のハンバーガー屋の厨房で時計ばかり眺めていた。待ち合わせの二時間前の上がりの時刻を待ちわびて。

さぁ、あと五分、のはずだったのに、次のシフトのマツダさんがやってこない。携帯を手にした店長がひきつった顔で俺に言った。「マツダくん、辞めるって。まったくどいつもこいつも。高橋くん、すまない。今日は残業して」「いや、俺、だめっす」「私ゃこれから新しい人の面接があるんだ。頼む」「いえ、今日はどうしても」「でも高橋くんがいないと日本語がわかる人、いなくなっちゃう」「大切な用事が」「面接が終わったら私がすぐに替わるから。ね、ね」

小さな店でいつも人手不足でバイトの半分は外国人だ。店長とへたに仲良くなって酒を飲みに行ったりしていたのがアダになった。嫌とはとても言えない状況だった。

遅れるかもしれない、と彼女に連絡しようとしたが、あれだけ楽しみにしていたライブに遅れて入るなんて最悪だ。いったん家に帰って着替えてから行くつもりだったが、それを諦めるしかない。せっかく新しい服を買っておいたのに。

三十分で戻ると言い残して近くの喫茶店へ出かけた店長は、いつまで経っても戻って来なかった。そして俺はとてもマズイ事実に気づいた。

チケットは家に置いたままだ！

どうせ今日も家で暗い顔をしてレポートを書いているに決まってる仁に持ってきてもらおうと携帯を手にとったとたん、店長から連絡が入った。「ごめん、あと三十分。面接に遅刻するような子を雇うってどう思う？」知るかよ。

もうだめだ。タイムオーバー。

彼女に連絡をして、行けないって話したら、せっかくつながった細い赤い糸が切れて、また一からやり直しだ。いや、これに懲りて、二度と俺の誘いには応じてくれないかもしれない。そのバンドの東京でのライブは今年はもうないのだ。

俺はすぐに仁に電話をした。

「なあ、兄ちゃん、頼みがあるんだ」

バイトが終わるまで、仁に彼女の相手をしてもらおうと思ったのだ。ライブ中はどうせろくに話なんかできやしない。仁にエスコートしてもらって、出口のところですり替わるつもりだった。勝手な言いぐさだけれど、仁の気分転換になるかもしれない、とも思った。仁の精神状態はこのところかなりヤバイ感じだから。

「ちゃんと俺の服を着てって。仁の服はダサすぎるから。髪もセットしてよ。泥ワックス使っていいから。眼鏡はなしで」

東京に出てきた俺たちは、五月の同じ日に別々の店で髪を切ってきたのだが、戻ってきたらほとんど同じヘアスタイルだった。ただし、俺はドライヤーとマットワックスで毛先をはね上がらせているが、仁は寝癖を直すだけでなにもしない。俺が講義の時以外は――つまりめったにしない眼鏡もいつもかけている。

僕はしぶった。あたりまえだ。いくら双子の兄弟だって、デートの替え玉なんてとんでもない。いままでのすり替わりとはわけが違う。話しているうちにバレちまうだろう。

「だいじょうぶ。本当はまだぜんぜん親しくないいんだ。俺のことはたいして話しちゃいない」

「やだよ」

弟のデートのピンチヒッターだなんて。東京でのみじめな毎日を僕は思った。これ以上みじめな人間になりたくなかった。

「コナンの新刊、俺が買うから」

った。

「俺、漫画喫茶で全部読んだ。面白いよ、いまでも」

結局、僕はライブ会場近くの待ち合わせ場所に行くことになった。いつもの制服じゃない、バンドのシンボルのカンガルーが描かれたロングTを着た彼女は、とても素敵だった。

本当に好きなんだろう。ライブの間じゅう彼女は楽しそうで興奮してはしゃいで幸せそうだった。カンガルーと一緒に跳びはねていた。僕もたいていの曲は知っていた。この日のために礼がいつも聴いていたから、自然に覚えてしまったんだ。

「僕はこの曲がいちばん好きなんだ」

「あ、わたしも。あれ？ このあいだは別ののがいちばん好きって言ってなかったっけ」

「そうだっけ」

入れ替わる場所と方法を知らせてくるはずだったのに、礼からの連絡はなかった。

最悪の日だ。店長がようやく戻ってきたと思ったら、マツダさんの代わりに厨房で慣れないフライヤーを担当していたヤンくんが火傷（やけど）してしまったのだ。俺は日本語が苦手なヤンくんに付き添って病院へ行かなくちゃならなくなった。

ライブが終わった後、僕は彼女と駅まで歩いた。礼から連絡が入っていないか何度もスマホを確かめながら。女の子とつきあったことのない僕だって、このまま駅で別れるべきじゃないことはわかっていた。彼女がそれを望んでいないことも。どこかの店に入るのが、ごく自然な流れだし、このまま帰してしまうのは礼のためにもよくない、そう思ったのだ。本当だとも。

入ったのはシーフードのちょっと高級なファミレス。僕が酒を注文しなかったことに、彼女は意外そうな顔をした。礼がコンビニでちょくちょくチューハイを買っているからだと思う。

彼女は本当に礼のことはまだよく知らないようだった。下の名前すら。

「俺、あ、えーと」名前を訊ねられた時、素直に言葉が出てこなかった。仁だよ、って言ってしまいたくて。「……礼。起立、礼、着席、の礼」

彼女はデザイン関係の専門学校生だった。

「あれ、話さなかったっけ」

「ああ、聞いたよね。俺も東京に出てきたばっかりで」

「うん、聞いた」

「だよね」

僕はおもに聞き役で、自分から喋ったのは、僕ら三人の故郷の話ばかりだった。そうしておけば、礼とすんなり交替できると思ったからだ。

地元の人間だけが知っている地域ネタ。県内では有名だったチェーン店が東京にはないこと。ちょっと気張った買い物をする時にはお互いに県庁のある街まで出かけていて、よく行っていた映画館やCDショップも同じだった。標準語だと思っていた言葉がじつは方言だった、という話はずいぶん盛り上がった。

「高橋くんって、軽そうに見えるけど、そうでもないんだね」

「ぼく……俺が？　そんなことないよ。俺、このあいだも——」

礼のお得意のギャグを口にしたら、これも受けてしまった。

聞かれなかったから礼の大学の名前は出していない。言いたくなくなったのかもしれない。楽しかった。教授や他の学生から「よくこれでウチに来れたな」って目で見られる情けなさも、肉体系のバイトで叱られてばかりいるつらさも、ひととき忘れられた。身代わりであることもいつのまにか忘れていた。

双子の僕らはなんでも情報を共有していた。隠し事をしても無駄だから。オナニーの時間割までつくっている。でも、この日、僕は礼に大きな秘密をつくってしまった。最初はちゃんと話すつもりだったんだけれど、どうしても言い出せなかった。

翌日もまた彼女と会う約束をしたことだ。

その朝、仁はあきらかにおかしかった。俺の目を見ようとしない。そのくせワックスを使っていいか、なんて聞いてくる。

「どこ行くんだよ」

「ちょっと」

仁の考えていることが、俺の頭の中のポストにひらりと舞いこんできた。昨日のあらましはしつこく尋問していたから、仁が彼女とどこで何をし、どんなことを話したのかは、自分が体験したかのように把握できていたつもりだったが、肝心な部分が抜け落ちている気がしてならなかったんだ。それは、彼女の気持ち、そして仁の気持ちだ。

「裏切ったな」

昨日の今日だと、どうしてもライブのことを話さなくちゃならない。俺は何日かは駅前のコンビニへ行くのを我慢して、彼女からライブの余韻が冷めた頃に別のどこかへ誘うつもりだった。俺の目を見ない仁から「次の約束はしていない」って聞いていたし。

「ごめん」

「ごめんですむかよ」

もちろん彼女に会う権利は俺にある。俺は仁が勝手に約束した水族館へ急いだ。水族館！　仁らしい。他に思いつかなかったんだろう。

いつもの制服じゃない、空色のワンピースを着た彼女は、すごく可愛かった。

昨日のライブのことを熱く語る彼女を適当にはぐらかすために、俺は魚に熱中するふりをして、くだらないギャグを連発した。

「アジの群泳だって。アジフライ何回食えるかな」

「イルカはここじゃないね。えーと、イルカはどこにいるか」

「なんか、高橋くん、昨日と感じ、違う」

「そう？　きっとタコかぶってたんだよ。違うわ、ネコだ」

ジョークはだだすべり。仁から盛り上がったと聞いている同郷ネタを一生懸命ふっても、

「それ、昨日も聞いたよ」

だんだん不機嫌になってきた。まずいぞこれは。俺はトイレに行くふりをして、仁に電話をかけた。

「なぁ、どんな話をすればいいんだ」

「彼女が好きなのはペンギン。だから水族館に行こうっていう話になったんだ。とくにお気に入りなのは、イワトビペンギン」

「イワ……何？　いっぱいいるからどれがどれだか」

「あと、昨日はシーフードの店にしちゃったけど、肉が好きみたい」

海が見えるバーベキューの店へ彼女を誘った。喋れば喋るほど事態が悪化する気がして、俺は聞き役にまわることにした。「兄貴と一緒に住んでいる」とつい口にしてしまった時には、焦った。「そういえば、高橋くんにすっごくよく似た人、たまに見かけるんだけど、あの人かな」「どうだろ。まぁ、似てるっちゃ似てるかな」

俺の学校の話はほとんどしなかった。大学の名前も出していない。なぜだろう。一瞬、思ってしまったのだ。じつは俺が身代わりで、学校名を出してしまうと仁が困るかもしれない、そんな錯覚を起こしてしまって。

なんとか次のデートの約束は取りつけたが、彼女は乗り気には見えなかった。待ち合わせ場所でこっちを振り向いた時の笑顔は、結局最後まで見せてくれなかった。

俺は気づいてしまった。

彼女はいま確かに高橋礼とデートしているのだが、彼女が好きなのは高橋仁のほうだ。

おいおい、なんてことしてくれたんだ。

悪かったと思ってる。

ざけんな。

でも、僕も彼女が好きなんだ。

声をかけたのは俺だ。俺が先だよ。

初めて気づいたのは僕のほうだよ。ほら、引っ越してすぐ、駅前のコンビニに可愛い子がいるって話しただろ。

だからなに？

大切なのは彼女の気持ちじゃないのかな。

勝手なこと言うなよ。

ジャケットや整髪料とは違う。彼女を共有するわけにはいかなかった。

遊園地のペア招待券じゃない。彼女を手にできるのはどちらか一人だ。

僕らは話し合った。

俺たちは喧嘩した。

最初は次のデートにどっちが行くかってことだったんだけれど。

それでこの先の彼女の相手が決まっちまう。絶っ対に譲れない。

礼が自分の学校の話をしなかったってことは、僕に譲る気持ちが少しはあったからじゃないのかな。

いや、それは……まさか。仁がよけいなことを喋ってたら、話の辻褄が合わなくなると思って……。

口論はしまいには殴り合いになった。僕らの生まれて初めての殴り合いだ。

仁を殴ってしまった時は後悔した。まるで自分を殴っているみたいだった。

礼を殴り返した時、僕の頬にも痛みが走った。比喩的な意味じゃなくて本当に具象的に肉体的に。他人には信じられないだろうが、一卵性双生児にはそういうこともあるのだ。

そして、僕らの出した結論は、双子をやめることだった。

やめるっていうか、ハンパな依存関係はよそうってこと。

これから僕らはある勝負をする。勝ったほうが彼女を手に入れる。負けたほうは消える。そういう約束だ。そこまでしなくても、と人は思うかもしれない。でも、僕らが双子のままでいると、ややこしいことがまだまだ続く気がするんだ。もうレコーダーは止めよう。もともと誰に聞かせるあてもなかったんだし。

そう、いままで俺たちがしてきたことを懺悔したかっただけだ。

少なくとも母さんには聞かせられないな。

少なくともママには聞いてほしくないな。

なにしろ僕らの命を賭けた勝負だから。


え？

なに？

レコーダー止めたか。

うん。


ちょっと待てよ、仁。そんなことひと言も言ってないぞ、俺。

待たないよ、礼。負けたほうはこの世から消えるって話だろ。

いやいやいや。おかしいって、それ。東京へ出てきてからずっとヘンだよ、仁は。心の風邪だ。負けたほうが彼女を諦めればいいだけの話だろ。そろそろ人に言えない共闘関係は解消して、ちゃんと別々の道を歩もうぜって、そういうことだと思ってた。

だめだめだめ。そのうち彼女をここに呼ぶことになるだろうし、「兄弟」っていうのが一卵性双生児だってこともいつまでも隠しておけないよ。知ったら彼女はきっと、いままでのことに気づく。僕らが彼女をひどく傷つけたことにね。それはできない。

なんか、俺たちもう、けっこう別々だね。

うん、姿は同じでもやっぱり別人なんだ。

僕は自分がこの世から消えるのは、そんなに怖くない。自分の半分が残るのだからね。半分というのは、もちろん礼のことだ。

ああ、俺にもその気持ちは少しわかるよ。きっと遺伝子的な安心感だな——って、違う違う、冗談でもそういうことを言うなよ。

本気だよ。だって、僕にとっては彼女がたったひとつの生きる望みだから。礼がどうするかは礼が決めればいいよ。

本気じゃないだろ。自分に酔ってるだけ。思い込みが激しい仁のいつもの悪い癖だ。俺にはわかっちゃうんだって。

もし本気だったらどうする。

やめさせる。全力で。

だってほかに方法がないよ。

あ、なら、負けたほうが大学をやめて田舎に帰るってのはどう？

うーん。

そこ、悩むなよ。死ぬって言ってたやつが。

　まぁ、それでもいいけど。

返事が遅いよ。

それでもいい。

よし、じゃあ、勝負だ。田舎に帰ってママと暮らせ。俺が勝つに決まってる。

そっちこそ。本当に東京から出ていけるのか、礼。僕が勝つけどいいのかな。

じゃんけんなんかじゃ決められない。勝負はカードゲームだ。

僕らはこの勝負のために買ったトランプのビニール包装を剝いだ。お互いに一度ずつシャッフルする。

簡単なルールだ。俺たちはトランプの山からカードを一枚ずつ引く。数が大きいほうを引いたら勝ち。

さ、どうぞ。

そっちが先に引けよ。

じゃあ、僕からいくよ。無作為抽出だ。考えたってしかたない。大きく深呼吸してから、僕はいちばん上のカードをめくった。

〝4〟

まずい。

悪いな。A(エース)が最高手でジョーカーはノーカウント。俺の勝ちはほぼ間違いないだろう。俺は目を閉じてカードに念を送り、なんとなく光って見えた真ん中あたりを抜き出す。

〝4〟

なんてこったい。引き分けだ。

ラッキー。もう一回いこう。今度は礼から引きなよ。

おう。今度はカードの山の底近くが光って見えた。

〝K(キング)〟

おっしゃあ。俺の勝ちだ。

まだわからないよ。エースが出るかもしれない。僕は手の汗をぬぐって、またいちばん上をめくる。

〝K〟

よしっ。

嘘だろ。

次はどっちから引く？

俺。先手必勝。よし、エース、来い。

〝9〟

微妙なとこだ。来るなよ、仁にデカい数字。俺は両手を合わせて目を閉じた。

いくよ。今度はインスピレーションが働いて、僕はいちばん下からカードを抜き出した。

〝9〟

俺は笑った。

僕も笑った。

どうしようもないな、双子っていうのは。

ほんとうに。どうしようもない、双子は。

こういう時にじゃんけんで決めないのは、何度やってもあいこになってしまうからだ。双子じゃない人間には信じられないかもしれないが、いつもそうなのだ。一卵性双生児のシンクロニシティのひとつ。最高二十八回まで勝負が決まらなかったことがある。

僕らはしばらく笑いころげた。馬鹿みたいに。そうしているうちに、僕は自分が抱えていると思っていたすべてのことが、どうでもよくなった。礼の言うとおりだ。僕に死ぬ勇気なんてなかったろう。礼は僕より僕のことを知っている。

一卵性双生児の神秘に比べたら、世の中は馬鹿みたいにわかりやすくてシンプルだ。シンクロニシティ。礼にいいことがあるなら、僕にもいいことがそのうちきっとある。僕は言ってみた。ねえ、礼、三人でデートしないか。これまでのことを正直に話して。彼女が怒って帰っちゃう可能性はかなり高いんだけど。おお、いいね。あの子ももうすぐ夏休みだから、次は地元で会おうって約束したんだ。向こうで会おう。

たぶん、彼女は僕のほうを好きなんだと思うんだ。それでもいいのかい。

たぶん、仁は俺のコミュニケーション能力にあっさり負けると思うけど。

いいよ。その時はちゃんとあきらめて、あの子に負けない彼女を見つけるよ。

おう。俺は負けないと思うから、仁の彼女と四人でダブルデートをしようぜ。

じゃあ、とりあえず三人で会う場所はどこにする。

うん、とりあえず三人が会う場所はどこにしよう。

答えは見事にシンクロした。

「ピーナッツ」

「パーク」

人生はパイナップル

食卓にパイナップルが登場すると、じいちゃんはきまって嫌な顔をした。輪切りのでも四角くカットしたやつでもケーキの上に載っていても。ラベルに絵が描かれたパインジュースですら。

母さんはすっかり慣れっこで、じいちゃんのぶんはテーブルには出さず、じいちゃんの部屋の仏壇のところに置いておく。そうすると輪切りのもカットフルーツのやつもケーキも翌日になると消えている。

じいちゃんは空の皿を下げているところを見つかると、いつも同じせりふを口にする。

「あいつが食べたんだろう」

あいつというのは、ばあちゃんのことだと思う。ぼくが生まれるだいぶ前に死んだ、父さんの母親。

◎

ある日じいちゃんは、こう言った。ぼくの知るかぎり一度だけ。

人生はパイナップル。

じいちゃんが仏壇の前でパイナップルを食べているところをぼくが目撃してしまった時だ。

二人でキャッチボールをしようと思って、声をかけずに襖を開けたのがいけなかった。左手にグローブをはめていたぼくは、足の指で襖をもとどおり閉めようとしたのだが、手遅れだった。じいちゃんは口の中のパイナップルをあわててのみこんでから、「まずいな」と呟いた。味のことじゃなく、ぼくに見つかったのがまずかった、とでも言うふうに。

小学六年生の時だったと思う。何か言ったほうがいい気がして、仏壇の斜め上の神棚を眺めるふりをしながら聞いた。

「まずいのに、食べるの」

「ああ。どんなにまずくても、食いたくなくても、食い物だからな」

半分齧った輪切りのパイナップルを見つめて、刺したフォークをくるくる回しながら、じいちゃんは咳払いをした。

「なあ、奏太」

「なに？」

「人生はパイナップルだ」

「どういう意味？」

難解な問題集の答えのページを先に読んでしまう気分で訊ねてみた。その頃にはもうぼくも、人生という言葉の意味をそれなりに理解していたし、その途方もない長さの先に何が待ち受けているのか知りたかったからだ。残りのパイナップルをどうするか考えあぐねているような間のあと、じいちゃんは今度はゆっくりと嚙みしめ、なんとまずい食い物であることよ、とでも言いたげに顔をしかめてから、言葉を続けた。

「酸っぱい。だが、甘ったるくもある。そして、まずくてもうまくても食わなくちゃならない」

答えなのか、パイナップルの味に文句をつけているだけなのか、よくわからなかった。ぼくはシュート回転で宙に放ったボールをキャッチした。

「で」

じいちゃんはもうひとつの輪切りをフォークで突き刺した。

「見ろ。パイナップルの輪切りを。芯があるから身もあるのに、芯はかえりみられずに捨てられちまう」

そこで言葉を切った。もったいつけているわけではなく、言葉を探しているだけだというのが、十二年のつきあいのぼくにはわかった。

「輪の中はからっぽだ」

「人生はからっぽってこと？」

じいちゃんは首を縦に振りかけてから、手もとでコースが変わる変化球みたいに横に振り直す。

「だが、輪はつながってもいる」

「どゆこと？」

「答えは自分で考えろ」

たぶん、見られたくなかった姿を見られて、とっさに威厳を保つためのいいせりふを口にしようとして、失敗しただけだと思う。それに気づいたぼくは、感心してうなずくふりをしてから、体の脇に挟んでいたもうひとつのグローブをじいちゃんに投げた。

「それよりジージ、野球やろうぜ」

◎

ぼくはサッカーが好きだった。

幼稚園の頃からオーバーヘッドキックや高速ドリブル、ペナルティエリアのはるか外からのロングシュートが得意で、おまけにゴールキーパーとしても有能だった。ゲームの中だけだけど。

もちろん、指でなくほんものの足を使うサッカーだってやろうと思えば少しはできたと思う。子ども用のサッカーボールも持っていたし。パスをする相手がいなかっただけだ。

なのに、なぜ、じいちゃんと野球を始めるはめになったのかといえば、そう、あの時が最初だ。

小学一年生の夏休みのある日、じいちゃんが、いきなりぼくの部屋に入ってきたんだ。

「奏太、キャッチボールするぞ」

じいちゃんは、ランニングシャツ——タンクトップのことをじいちゃんはいつもそう言っていた——の裾(すそ)をベルトをたっぷり余らせた灰色のズボンの中に突っこんだ姿で、小脇に何か挟んで、独りでゲームボーイをやっていたぼくを見下ろした。

「お前もそろそろ野球を覚えなければいかん年頃だ」

「え」

野球は好きじゃなかった。

つば付きの帽子がかっこ悪い。ほかのスポーツと比べると無駄に思えるユニフォームが暑苦しい。バットを握った時のくねくねしたポーズが気持ち悪い。じいちゃんが春と夏が来るたびに毎日観ている高校の野球選手たちが、揃って坊主頭なのが不気味。あとから考えれば、たぶんその日は、じいちゃんが朝から観ている夏の甲子園の試合が、雨天中止だったんだと思う。

「外へ出ろ」

「や……」やだ、と言いたかったのだが、言葉が出てこない。六歳のこの頃にはまだ、じいちゃんとまともに会話をした記憶がなかった。

ぼくはじいちゃんのことも好きじゃなかった。

この頃のぼくにとってじいちゃんは、いつも家に居て、なにかしらに怒っている人だった。

朝、庭に出て、塀から飛び出している隣の家のいちじくの枝に怒る。開いた新聞の記事に怒る。テレビの中の人を、声が届くとでも思っているみたいに叱る。その日の天気を怒る。雨でも、よく晴れて暑くても。具合の悪い自分の足にも怒る。夜、帰ってきた父さんに小言を言うのも、毎度のことだった。

玄関でのろのろ靴を履きながら、じいちゃんが唯一怒らない母さんに、涙目のまばたきでSOSのモールス信号を送ったのだが、母さんは笑って首を横に振った。

「行ってきなさい。たまには外で遊ばなくちゃね」

あとは雨が降ってくることを祈るだけだったのだが、甲子園は雨なのに、関西より南にあるぼくの街の空は、安っぽいペンキで塗ったみたいに青かった。

なにしろ小学一年生の記憶だ。あの日の空のいまいましい青さは覚えているのだけれど、その後のことには半分モヤがかかってしまっている。

覚えているかぎりに想像をまじえて、そしてじいちゃんが「初めて奏太に野球を教えたのは俺だ。あの時は――」って繰り返し自慢する言葉を参考に（話半分だけ）して再現すると、こんな感じだったと思う。

場所は、ぼくの家の裏手にあった休耕田。ぼうぼう生えた草に怒っているじいちゃんが、しょっちゅう草刈りをしているから、ススキの切り株だけが甲子園球児の頭みたいにつんつんしている場所だ。じいちゃんは体の脇にはさんでいたグローブのひとつを投げ寄こしてきた。野球をやったことのないぼくは、それすら捕り損ねた。「それは高雄が使ってたやつだ。あいつはだめだ。才能もなけりゃ根性もない」

父さんが使ってたグローブ？　いままでどこにしまってあったんだろう。子どもも用らしいけれど、それでも小学一年生にはまるでゴリラの手袋だった。じいちゃんが何を塗ったのか、革がぬるぬるして、ココナッツミルクみたいな臭いがした。

「捕れ」

いきなりボールを投げてきた。山なりのボールだったが、反射的によけてしまった。じいちゃんは怒りも笑いもしないで言った。

「拾え」

遠くにころがったボールをのろのろと取りにいった。手に持って驚いた。幼稚園で使っていたビニールや布製のボールとはまるで違う。

「硬い」

「あたりまえだ。それは硬球だ。硬いから硬球って言うんだ」

硬球は黒く汚れて傷だらけだった。革を縫い合わせている糸がところどころほつれていた。

「投げろ」

「重い」

「文句ばっかり言うな」

じいちゃんの肉の薄い顔の中で、こめかみの血管がひくりと動くのがわかった。テレビの中の人に「日本語を喋(しゃべ)れ」と怒鳴ったり、夜遅く帰ってきた父さんを「愚痴は腹の中にしまえ」と叱る時みたいに。あわててボールを投げた。硬くて重いボールは、遥(はる)か遠く十メートル先に立つじいちゃんのずっと手前にぽてりと落ちて、足もとにてんてんところがった。

じいちゃんは何も言わずにそいつを拾って、また投げてきた。

今度はグローブを差し出したけれど、胸の高さのボールを下からすくいあげるっていう、初心者ならではの過ちを犯してしまい、ボールはグローブの土手にはねかえって、ぼくの胸を打った。

「痛い」

「痛かったら、しっかり捕れ」

小学一年生に硬球でキャッチボールをさせるなんて、あとから考えれば、めちゃくちゃだ。せいぜいソフトボールか、中学野球の軟球だろう。その時のぼくはもちろんそんなことなど知らず、野球がますます嫌いになる、はずだったのだが。

ぼくが涙目でボールを投げ返そうとしたら、

「背筋をしゃきっと伸ばせ」

自分の腰は曲がっているくせに、じいちゃんはそう言った。こめかみがぴくぴくしていたから、言われたとおりにした。しゃきっ。

「肩をぐるぐる回してみろ」

ぐるぐる。

「もっとだ」

ぐるぐるぐるぐる。

「大きく振りかぶれ、体を回転させろ、よし、投げてみろ」

大きく振りかぶって体を回転させて投げた。ボールはへろへろだったが、じいちゃんのグローブにすっぽり収まった。じいちゃんがいつも「へ」の字の唇を丸くした。

「お」

今度こそ怒られる、そう思ってぼくは首を肩のあいだに埋めた。

「初めてか？」

「え」

「キャッチボールは初めてかって聞いてる」

「うん」

「お前には才能があるよ。高雄よりずっと」

「え」

零れかけていた涙が、目の中にひっこんだ。たぶんその目にはきらきら星がまたたいていたと思う。父さんよりずっと？

あの日のじいちゃんの言葉が、かっこ悪いつば付き帽子と暑苦しいユニフォームの世界へぼくを導いた。まるでぼくに野球をやらせようとする策略だったかのように思えるけれど、違うと信じたい。じいちゃんはそんな器用な人じゃない。そんなに器用な人間なら、もう少し上手に人生を渡り歩いただろう。

じいちゃんは履歴書が三枚ぐらい必要なほどいろいろな仕事を経験している。「人に使われてきたのは、人に使われないためだ」そして、自分の会社や工場を三回おこして、三回とも潰している。あとで知ったのだが、ぼくが小学一年のこの時は、三度めにつくった会社でチョウザメの養殖に失敗して、毎日家でぶらぶらしていたのだ。

じいちゃんとぼくのあいだに何度もボールが往復した。そのうち三回に二回はじいちゃんのグローブにボールが届くようになった。三回に一回はグローブの中にボールが収まるようになった。

「いいぞ、奏太。いつか甲子園に行け」

「コウシエン？」

「ああ、野球をやる人間なら誰でもめざす場所だ」

「ジージは行ったことがあるの」

「おう。俺は中学生の時に甲子園に出たことがあるんだ」

じいちゃんのことを「アラ魚（イオ）」だとみんなは言う。土地の言葉だ。アラという魚は口ばっかりやたらと大きい。つまり「大口叩（たた）き」「ほら吹き」のことだ。

その年の夏が終わり、休耕地を飛ぶトンボが赤くなる頃には、山なりではないボールを投げ、じいちゃんのボールをほぼ確実に（十回中八回ぐらい）捕球できるようになった。

夏休みが終わってもぼくは毎日、じいちゃんとキャッチボールをした。なにしろじいちゃんには休耕田の草刈り以外することはなかったし、ぼくには友だちがいなかったから。

じいちゃんが草刈りをしなくても休耕田に草が生えなくなった頃には、目測で十八メートルの距離をおいてボールを投げ合うようになった。

十八メートル。ピッチャーマウンドからホームベースまでの距離だ。

正確に言えば、18・44メートル。でも、じいちゃんは、八十メートル以上投げられなくては一人前の野球選手じゃないと言う。外野の深い位置からホームまでをノーバウンドで届かせる距離だ。

「奏太、遠投を練習しよう。あそこまでボールを飛ばしてみろ」

あそことというのは、休耕田の隣、収穫が終わった田んぼの藁（わら）の山が積まれたところだ。

たぶん三十メートルぐらいだったと思うけれど、その時のぼくにはまるで届かなかった。

何度やっても。途中でゴロでころがっても届かない。

「無理だよ」

「無理って言葉で言う前に無理をしろ」

「じゃあ、ジージが投げてみてよ」

「ああ、下手をするとあそこの家のガラスを割るぞ」

じいちゃんが指をさしたのは、田んぼの先にある瓦屋根の家だった。ここからは七、八十メートルはありそうだ。

じいちゃんは手の中のボールをお手玉のように宙に投げては受け止める。何度もそれを繰り返してから、ようやく腕を振り上げた。でも、上げただけだった。

「やめとこう」

「ずるい。むりっていう前にむりしてよ」

口を尖らせたぼくを見下ろして、じいちゃんは薄くなった白髪頭を撫ぜてため息をついた。

「俺は無理とは言えずに無理を重ねちまったから」

「ずるいよ」それじゃあ父さんと同じじゃないか、父さんはいつも自分はゴロ寝をしているくせに、ぼくに勉強をしろって言うんだ。

「手榴弾のせいだ」

「てりゅうだん？」

「手で投げる爆弾だ。俺は手榴弾を投げすぎて肩を痛めて、野球を諦めたんだ」

肩を揉みながらじいちゃんが遠い場所を眺める目をした。その遠い場所が、田んぼの先のお椀みたいな山じゃなくて、遥か彼方の南の国だってわかるのは、もっと先のことだ。

最初はキャッチボールだけだったじいちゃんとの野球は、そのうちにより実戦的な練習になった。じいちゃんがキャッチャーの本格的なピッチング練習。ゴロ、フライ、送球、返球、いろいろなバリエーションの守備練習。バッティングは、右利きなのに、より有利だっていう左打ちで練習させられた。

「もう無理」

音をあげたぼくにかけてくる言葉はいつも決まっていた。

「これからじゃないか」

ぼくは小学低学年が使うにしては長くて重すぎるバットと、父さんのお古じゃない新しいグローブをじいちゃんに買ってもらった。

キャッチボールをしながら、ピッチングやバッティングや守備練習の合間に、終わったあとで原っぱで夕焼け空を見上げながら、ぼくとじいちゃんはいろんな話をした。じいちゃんはおしゃべりな人ではないし、話し方もぶっきらぼうだけれど、この頃は毎日二人で野球をしていたから、それこそ、いろいろな話を。

俺が生まれたのは台湾だ。台湾は知ってるだろ。知らないのか？　地図を見ろ。昔、あそこは日本だったんだ。

俺が生まれる少し前に、俺の父親は一旗あげるために台湾に渡った。一旗あげるってどういう意味か？　辞書を引け。辞書とは何かだって？　辞書を引け。そして果樹園を始めた。昔は南の果物は珍しがられて、内地では高い値段で売れたんだ。バナナでひと財産をつくった父親は、工場を建て、果物を缶詰にして売ることを思いついた。目をつけたのは、パイナップルだ。バナナは缶詰には向かないからな。

缶詰の事業も順調だった。おかげで俺は中学に行かせてもらえた。あの頃、中学に進めるのは、ひと握りの子どもだけだった。ひと握りの意味？　面倒くさい奴だな。

中学校に行く子どもは少なかったってこと？　まさかね。小学校が終わったら、誰もが行かなくちゃならないところなのに。やっぱりじいちゃんは口ばっかり大きな「アラ魚」だ。

そのかわり学校が終わった後や休みの日には、仕事の手伝いをさせられた。

工場じゃ、ゴム手袋をして、衛生帽をかぶってエプロンをつけて、ベルトコンベアーから流れてくる輪切りのパイナップルを缶に詰めていく。機械でやればいい？　最近の子どもはすぐこれだ。機械なんてない。ベルトコンベアーが最新式の唯一の機械だよ。毎日毎日、パイナップルの輪切りばっかり見てるとな、何でもパイナップルの輪切りに見えてきちまうんだ。車のタイヤも、十銭玉も、担任教師の眼鏡も。

匂いも鼻から抜けなくなる。何を食ってもパイナップルの味に思えてくるんだ。にんじんやかぼちゃならかまわないが、芋の煮っころがしまでとなるときついぞ。パイナップルをおかずに白米を食うことを想像してみろ。

収穫期にはパイナップル畑にも出た。パイナップルをもいで背中の籠に入れていくんだ。パイナップルは重いぞ。籠がいっぱいになると婆さんをおぶっている気分になる。しかも葉にはぎざぎざの刃がついていて、腕はたちまち傷だらけになる。採れたての実の棘も曲者だ。そう、棘にも用心しなくちゃならない。

じいちゃんは相手が小学生でも、わかりやすく話をしてはくれない。この頃のぼくは、じつは意味がよくわからないままあいづちを打っていた。何年か経ってからは、おおよそのことを理解できるようになった。じいちゃんが同じ話を繰り返すようになったからだ。

「パイナップルがどうやって実っているか知ってるか」

じいちゃんにそう聞かれたのは、いつだったろう。パイナップルと缶詰工場の話はたっぷり聞かされていたけれど、ぼくの頭の中では、椰子に似た木にリンゴみたいにぶら下がっている光景がぼんやり浮かんでいるだけだった。

ぼくは首を横に振った。

「いかんな。教えてなかったか」

それがとんでもない落ち度であるかのようにじいちゃんは天を仰いだ。

グローブを挿したバットを背中に担いでてくてく家に帰る途中だった。ということは小学校三年生の頃だと思う。ぼくの家の裏に広がっていた休耕田には、小学校三年になってすぐに、コンビニエンスストアが建ってしまって、ぼくらの野球のグラウンドは、歩いて十分かかる河川敷に変わっていたのだ。

じいちゃんは、農家が石垣の上につくっている花壇の育ちすぎのアロエを指さした。

「葉っぱの生え方は、あれにちょっと似ている。丈もあんなものだ。そこから茎が伸びてくるんだ。そして茎の上に花が咲く。赤紫色のサボテンに花びらをつけたような不思議な花だ。それが実になる。最初は赤茶色、それから緑色——」

パイナップルが嫌いなはずなのに、パイナップルの話を始めると、いつも止まらなくなる。じいちゃんがあぜ道に、バットのグリップで絵を描きはじめた。へたくそな絵だった。

「実はひとつの株にひとつだけだ。収穫間近になると、生首が並んでいるようだった。日が落ちてから見ると恐ろしい。一斉にこっちを振り向くような気がしてな。そういえば、俺の暮らしていた村では、こんな語り話があったっけな」

　ある農夫が夜中にパイナップル畑の近くを通りかかると、畑から泣き声が聞こえてきた。じいちゃんが住んでいたのは台湾の大きな都市の近くだが、数少ない家と工場の周囲にはパイナップル畑と電信柱しかないようなところで、夜に人がいるなんてことはまずない。男が不思議に思って立ち止まると、畑の中に女がうずくまっていた。

　男が「どうしたんだ」と聞くと、女の背中が言った。

「請我（たすけてください）。ここにいたら命を取られてしまいます」

　女は赤紫色の美しい衣装を着ていた。その袖（そで）に顔を埋（うず）めてまた泣き崩れた。

「どうすればいい」

「ここから私を連れて逃げてください」

　美しい髪の女だった。きっと顔も美しいだろう。男は女の手を取って走り出す。背後の女から甘い香水の香りが漂っていた。パイナップル畑からさんざん遠ざかった時、男はその香りが、香水ではなくパイナップルの匂いであることに気づく。そして女を振り返った。女の顔は、パイナップルだった。

「怖いよ」トイレに行けなくなる。

「他にもあるぞ」

「もういい。だからパイナップルが嫌いなのか」

「いや、そんなことじゃ嫌いになれないよ、あれは」

まるで、パイナップルが人であるかのように、じいちゃんは小さく呟いた。

河川敷からの帰り道、機嫌のいい時にごくたまに、じいちゃんは歌を歌った。いつも同じへたくそな歌だ。洗濯機に石を放り込んでしまったような声だから、歌詞もよく聞き取れない。わかるのは出だしのほんの最初の『君よ知るや南の国』というところぐらい。「なんていう歌？」と聞くと、とたんに歌うのをやめてしまう。そしてこう答える。

「知らん」

この頃のぼくのクラスでのあだ名は「ハマグリ」だ。苗字が浜野であることが理由のひとつだが、もうひとつわけがあった。

ハマグリは口を開かない。浜野も口を開かない。

ぼくは人とうまく喋れなかったのだ。家ではちゃんと――父さんだってまともに口をきかないじいちゃんとも――喋れるのに、学校へ行くと唇に接着剤を塗ってしまったように口がきけなくなる。誰かに話しかけられると心臓がばくばくする。何を喋っても間違ったことを言っているように思えてしまうんだ。

だから、同級生の誰かに何か聞かれても「うん」と「ううん」ばかり。

授業で指されても「えーと、あのぉ」あのあのあのあの。

そのうちに誰もぼくに話しかけなくなる。幼稚園の頃からずっとそうだ。じいちゃんと野球のついでにいろんな話をしたのは、たぶん、あの頃のぼくにはほかに話し相手がいなかったからだと思う。

田舎だから、ぼくの小学校の校庭はすごく広く、三年生にもなれば、その四分の一ぐらいを占領できるようになる。昼休みには男の子はたいていサッカーをやるのだが、イチローがメジャーリーグでシーズン最多安打記録を塗り替えたその年は、急に野球が流行り出した。

ある日、ぼくも仲間に入れて欲しくて家からグローブを持っていった。でも、自分からは言い出せなくて、野球場ならネクストバッターズサークルのあたりにぼんやり突っ立っていた。

「なにさ、ハマグリ、野球やれるの?」

「そういえば、土手でよくキャッチボールしてるよな」

「ああ、そうそう、よぼよぼのへたくそなジジイと」

へたくそ? みんなにはそう見えるらしい。じいちゃんの本当の実力を知らないのだ。ぼくは喋った。たぶん小学校に入って以来、いちばん長いせりふを。

「じいちゃんは中学生の時に甲子園に出たんだ」

みんなはぼくの長ぜりふに驚いていたけれど、ぼくのクラスのエースで四番(一チーム六、七人しかいないのだけれど)のセキグチ君だけは、バットでぼくの腹をこづいた。

「ばーか、甲子園に出られるのは高校生だけだ。嘘つき」

その日からぼくのあだ名がひとつ増えた。「嘘野」だ。ぼくの口は前にもましてハマグリになった。短い言葉で何か喋ろうとしても、その前にむこうからこう言われるからだ。「どうせ、嘘だぜ」「また嘘野か」

それが何日も続くと、ご飯の時にも口を開きたくなくなった。ある日の夕食に、食欲のないぼくを心配した母さんにわけを聞かれた時、ぼくは母さんではなくじいちゃんに言ってしまった。

「中学生なのに甲子園に行ったなんて嘘でしょ」

「どういう意味だ」

ぼくは泣きながら学校では開けない口をいっきに開いた。それを聞いたじいちゃんは酷く怒った。

「誰だ、そんなことを言ったやつは」

セキグチという名前を出したのがいけなかった。じいちゃんは「いまからそのセキグチの家に行くから、一緒に来い」

「やだよ。やめてよ」

「だめだ。来い。手榴弾を投げられたら、投げ返せ」

父さんはいつものように会社から帰ってきてはいなかった。母さんは「お義父さん、落ち着いて」とは言ったものの「やめろ」とは言わなかった。じいちゃんは勝手にクラス名簿を調べて、ぼくをセキグチの家まで引っぱって行った。

セキグチの両親はじいちゃんの剣幕に驚いて、当然ながら息子を玄関口に出しはしなかった。「帰ってください。警察を呼びますよ」でも、玄関の先の階段の途中から「いまはいない」と言っていたセキグチの顔が覗(のぞ)いていた。

「お前か、これをよく見ろ」

じいちゃんがポケットから写真を取り出した。

古いモノクロ写真だった。白黒というより茶色になっていた。

古めかしいぶかぶかのユニフォームと窮屈そうな帽子をかぶった野球チームの集合写真だった。

選手たちが持った横断幕には『祝　全国中等学校優勝野球大会　出場』と書いてあった。並んだ顔は豆粒のように小さかったが、そのいちばん隅っこでこっちを睨(にら)んでいるのは、じいちゃんと言われれば、じいちゃんかもしれない少年だ。

ぼくも知らなかった。昔の中学は五年制で、いまの中学と高校を併せたような存在で、じいちゃんの頃には中学生が甲子園大会に出ていたこと。この頃のたいていの子どもたちはおもに経済的な理由で、中学校には進学できなかったこともこの時に知った。

帰り道にじいちゃんは言った。

「いいか、奏太、手の中の手榴弾はすぐに投げろ。そうしないと自爆するぞ」

「うん、わかった」

手榴弾がどんなものかを知らないまま、ぼくはうなずいた。

次の日の昼休み、グラウンドへ出て行こうとしたセキグチが、バットでぼくの腹をこづいた。昨日のことを怒っているのだ。もしくは、じいちゃんに叱られて涙目になったことを見られたのが悔しいのだ。

「打ってみろよ。うまいんだろ、野球」

それから、昨日のじいちゃんのせりふを似ても似つかない子どもの声でまねした。

「奏太の野球センスはバツグンなんだぞぉ～」

事情を知らないまま、ほかのみんなも笑った。

そういうわけでグラウンドに連れて行かれ、ぼくはバッターボックスに立たされた。マウンドには四年生でも打てないボールを投げるというセキグチ。じいちゃん以外の誰かのボールを打つのは初めてだ。しかも硬球じゃなくて軟球。

初球は見逃した。

「おいおいおい」

「なんだ、やっぱりだめじゃん」

みんながはやし立てる。違うよ、打てなかったんじゃない。見逃しただけだ。審判役の子はストライクとコールしたけれど、外角にボール一個ぶんはずれてた。

二球目。

球は遅いけれどコントロール抜群で変化球もまじえてくるじいちゃんのボールに比べたら、打ち頃の棒球だった。

ぼくの打った打球は、外野を越え、サッカーをしていた五年生の頭上を越え、校庭のフェンスを直撃した。

その日からチームの四番はぼくになった。翌々日にはエースになった。そして少しずつだけど、みんなと喋れるようになった。野球の話ならいくらでも間違わずに話せたからだ。

◎

甲子園に出たのは、俺が十四の時だ。

まだ中学三年生だった。ベンチ入りできたのは三年じゃ俺一人だった。

台湾代表だ。いまみたいに一県一校じゃなくて、各地方から二、三校、台湾、朝鮮、大陸からは一校しか出場できなかった。全部で二十二校だったか。

チームには俺みたいな内地人も、漢人の本島人も、原住民のタイヤル族もいた。仲は良かったよ。何人(なにじん)だろうが野球がうまい奴が尊敬される。野球が好きな奴といれば楽しい。それだけだ。言葉？　みんな日本語を喋ってた。あの頃の日本は、いろんな国を自分のものにして、土地の人間に日本語を喋らせていたんだ。

船に乗って生まれて初めて内地へ行った。甲子園は広かったな。ここだったら絶対にホームランは打たれないだろうって思ったよ。

実際、打たれなかった。俺は控えのピッチャーで、チームは初戦の二回戦で負けちまったしな。三対一。相手の京都商業のエースは神田。確か戦争中に死んじまった。キャッチャーは徳網。知らないか、徳網茂。戦後に大阪タイガースに入団した強肩強打のいい選手だ。今回はむこうが上手だった。来年こそはってみんなで誓い合ったんだ。

当然、ぼくは聞く。

「で、その次の年は？」

じいちゃんはいつもそこで口をつぐんでしまうんだ。

小学五年生の時、セキグチの家でバトルアクションゲームをしていたぼくは、手榴弾がどういうものかをようやく知った。

土曜か日曜だったその日の午後、練習の休憩中に二人で川を眺めていた時、ぼくは鼻の穴をふくらませて、じいちゃんに言った。

「ジージ、今日、俺、手榴弾を投げてきたよ」

テリュウダンじゃなくて、シュリュウダン、ゲームの中ではそう言っていた。じいちゃんは座ったまま寝ていた。その頃は昼間でも居眠りばかりしていたんだ。だから、かまわずに肩をつついて起こした。昼間だぜ。まだ寝るなよ。これからじゃないか。

「けっこううまく投げられたぜ」

ボールのように投げたとじいちゃんは言っていたけれど、かたちはボールには似ていない。懐中電灯みたいなかたちで、柄のところを持って投げるんだ。

じいちゃんは、シュリュウダンってなんだっけ、という顔をしてから、長い長い夢から醒めた目をして答えた。

「ああ、それは木の柄がついた八九式だな。俺がさんざん投げさせられたのは九七式の模倣の鉄製だ。酷く重い。そして——」

ここが重要だというふうに、じいちゃんは空を見上げて、空の誰かに唾を吐きかけるように言葉を続けた。

「パイナップルのかたちをしている」

◎

中学四年になった時には、俺のボールはチームの誰より速くなり、ドロップは燕のように鋭く曲がった。ドロップ？　ああっと、いままで言う縦のカーブだな。

もちろんエースとして甲子園に出るつもりだった。だが、予選が始まった七月になって、突然、全国中等学校優勝野球大会は中止になった。

　戦争が始まる年だった。もうすぐ戦争なのに浮かれるな、ってことだったんだな。勝手におっ始めたくせに、なにが浮かれるな、だ。

　いまでも夢に見るよ。甲子園のマウンドに立つ自分の姿を。夢の最後に俺たちは優勝旗を手にしてる。夜の夢だけじゃない。昼にも見てる。何度も何度も繰り返し。

　甲子園大会はなくなっても野球部がなくなったわけじゃないから、練習は続けていた。来年になれば戦争も終わって、また甲子園が始まる、誰もがそう思って。いや、願って。

　配属将校は、そんな俺たちが気に食わなかったようだ。「御国の大切な時に敵国のタマ遊びか」ってな。配属将校っていうのはわかるか。知らんか。教師じゃない。戦場に行けなかったくせに、軍事教練指導とかで軍服を着て学校にやってきて、やたらに威張り散らす、虫の好かない連中のことだ。俺が肩を壊したのも、奴らの一人に嫌がらせ半分の無茶な手榴弾訓練をさせられたからだ。

　じいちゃんとこの話をしたのも、キャッチボールをしている時だった。この頃には放課後はたいていセキグチたちと草野球をしていたから、じいちゃんとの練習は日暮れ間近になってからだった。

　ぼくのほうがボールのスピードが速くなっていて、じいちゃんはよく捕り損ねた。

「暗くてよく見えん」そう言って。二人のあいだの距離もキャッチボールを始めた小学一年生の頃より長くなっていた。

はるかに長く。

じいちゃんが「見えん」と言っていたのをぼくは負け惜しみだと思っていた。でもそれだけじゃなかった。じいちゃんの目がだんだん見えなくなっていったのは、この頃からだった。

「ある日、練習を見ていた配属将校が、いきなり怒鳴りはじめたんだ。『敵性語を使うな。ストライクは〝よし〟、ボールは〝だめ〟と言え』ってな」

初めて聞いた時、ぼくは笑った。じいちゃんにしては面白い冗談だと思って。

だけど、本当のことだった。昔々、この国が戦争をしていた相手は、アメリカやイギリスだったから、英語を使うことが悪いことだと見なされていたそうだ。法律である日を境に禁止されたというわけじゃなく、誰かが言い出して、それが誰だかわからないまま、大きな声にみんながさからえなくなっていったってことらしい。昔の人のやることも、いまとそんなに変わらないってことだ。

その配属将校に俺は聞いてやったよ。「ファウルは？」「ファウルは何と言えばいいのでありますか」とね。そいつはいきなり殴りつけてきた。「敵性語を使うなと言ったろうが」

それからにわか勉強をしてきたらしいメモを取り出して、こう言った。「〃圏外〃あるいは〃もとえ〃だ」

「アウトは？」

また俺を殴ってから、言いやがった。

「〃退け〃、あるいは、〃無為〃」

俺はこっそり呟いてやった。

「スリーバント失敗、バッター、無為」

聞いていたみんなが笑った。全員が一列に並ばせられて、往復ビンタだ。往復ビンタは知ってるか？　知らなくていい。弱っちい奴が殴り返してこないとわかっている相手にしかやらない卑怯な暴力だ。

「ホームスチールは？」

頬を撫ぜながら聞いた俺に三度目の拳をふるいながら奴が言った。

「そんなものはメモには書いてない」

「メモ？　手帳のことでありますか」

回数をかぞえきれないほど殴られた。「非国民め」そう言われてな。

「ヒコクミン？」

「日本人に非ず。お前は日本人じゃない、って言いたいわけだ。そう言えば、こっちがなんにも言えなくなると思っているんだ、あいつらは。国のやることはなんでも正しいって思いこむ、愚かな飼い犬だからな」

じいちゃんは、いま殴られたばかりだというふうに頰を撫でてから言葉を続けた。

「あの頃、何かって言えば『非国民』だと他人をののしっていた奴らが、戦争が終わったとたんどうしたと思う。一斉に口をつぐみやがった。恥ずかしげもなく手のひらを返す奴もいた。わかりやすい言葉に踊らされる奴は、自分の頭で考えることができない馬鹿だ」


それからだ。その配属野郎が「腰が入ってない」だの「気合いが足りない」だのと軍事教練の時にいちゃもんをつけてきて、俺にばかり五百グラムの鉄の模倣手榴弾を投げさせるようになったのは。毎回何十回も。百回以上の時もあった。それで俺の肩は使い物にならなくなった。中学五年になる前に、俺は野球部をやめた。いや、野球をやめた。

目の前にその憎い誰かがいるように睨む目をぼくに向けてきてじいちゃんは言う。

「自分の頭で考えない馬鹿にはなるなよ」


どこまで本当なのかはわからない。なにしろアラ魚だから。

父さんはよく周りの人たちにこぼしていた。「あのヒトはいつも自慢ばっかりだ。しかもたいていはホラ話だよ」「勝手なことばっかりやって借金をこしらえて、こっちも危うく迷惑をこうむるところだったのに、それでもいまだに威張ってる」

じいちゃんに言わせると、こうだ。「李子や瑞子や麗子や高雄を養って、学校に行かせるために必死で働いてきた」

　李子、瑞子、麗子は、父さんの三人のお姉さん。ぼくの伯母さんたちだ。「工場を大きくして、うまい物を腹いっぱい食わせて、小ぎれいな服を着せてやりたかった。なのに、李、瑞、麗は電話ひとつ寄こさない。高雄は文句ばっかりだ。家に帰っても会社の愚痴ばかりこぼす情けないやつに育っちまった」

　どっちもどっちだ。確かに父さんは大学まで行っているし、じいちゃんは結局、四回目の事業を諦めて、自分で借金を返した。李瑞麗たちも専門学校や短大に行っている。でも三伯母たちにも、じいちゃんは言われている。「まったくお父さんときたら、昼間でも夢ばっかり見ているヒトなんだから」

　きっとじいちゃんは、台湾で死んだじいちゃんのお父さんみたいになりたかったんだ。それがうまくいかなかったんだと思う。内地にはパイナップル畑がないから。

父さんはじいちゃんのことを驚くほど知らない。きっと二人でキャッチボールをしなかったからだ。

　アラ魚だったとしても、野球に関して、じいちゃんのアドバイスは適切だった。

近くにボーイズリーグがなく、野球嫌いの父さんにも反対されたから、正式な野球チームには入っていなかったけれど、学校のクラス対抗の野球では、誰もぼくの投げるボールを打てなかった。打席に立てば打率は七割五分を超えた。みんなじいちゃんのおかげだ。

じいちゃんは、なんのとりえもなかった海の底のハマグリだったぼくに、ひとつだけ胸を張れるものを、他人にいくらでも語れるものをくれた。

中学を卒業した俺は、父親のパイナップル工場で働きはじめた。跡継ぎとしてゆくゆくは経営を任せると言われ続けていたが、仕事は相変わらず、畑のパイナップルの世話と、ベルトコンベアーの前での流れ作業だ。俺の腰が曲がっちまったのは、きっとパイナップルを植えたり、畑の草取りをしたり、重い籠を担いで実をもいだり、あの時に一生ぶん腰を使っちまったからだな。「誰より仕事のことを知り、誰よりも手ぎわが良くなければ、使用人に馬鹿にされる」親父はいつもそう言っていた。そのくせパイナップルの皮の剝き方も知らなかった。

ひいじいちゃんは写真で見たことがある。大勢の人の真ん中に威張った様子で立っている写真。トランプのキングみたいな内巻きの髭を生やした、ちっちゃな人だ。

このへんは、ぼくが中学に入ったばかりの頃に聞いた話。その前にも聞いていたに違いないのだが、小学生には話が難しすぎて、右の耳から左の耳に抜けただけで、頭に残っていなかったのだと思う。

この頃には、じいちゃんとキャッチボールをすることはなくなった。目が悪くなったじいちゃんに、ボールがよく見えなくなってしまったからだ。

そのかわり、野球部に入ったぼくのために、トスバッティングのトスを上げてくれた。河川敷を緑地公園にする工事現場のフェンスに向かって打つ。軟式野球部だったのにボールは相変わらず硬球。じいちゃんは言う。「三年先、十年先の練習をしろ」

三年先。もちろん甲子園のことだ。十年先というのはプロ野球のこと。

工事現場の仮設事務所のガラスをぶち割って、一緒に謝りに行ったこともあった。

守備練習のボールも投げてくれた。おかげでぼくは力のないボテボテの打球の処理がうまくなった。じいちゃんが座って見守るだけのランニングもした。「機銃に追われてるつもりで走れ」っていうわけのわからない檄を飛ばされて。河川敷の階段をうさぎ跳びで何往復もさせられた。うさぎ跳びがかえって体によくないことをぼくとじいちゃんが知ったのは、その何年も後だ。


戦争が長引いて、内地じゃパイナップルどころじゃなくなったというのに、工場は続いていた。畑の大半はサトウキビ畑に変えられちまったが。戦地に送っていたんだ。将校たちが食べるパイナップルの缶詰を。

不思議だったよ。米がない、肉も魚も卵もない、そのうちに野菜もなくなった。俺たちは乏しい配給だけでろくに飯が食えないのに、食べ物をつくる工場は動き続けていたんだからな。

配給ってなにか？　百科事典を読め。

配給を調べたが、野球ばっかりやっている中学一年生には難しかった。糖尿病のじいちゃんが頼んでる宅配の食事みたいなものだろうか。

「とにかく俺が十七、八の頃は、食い物がなかった。よくカエルを捕まえて食っていた。台湾のヒキガエルはでかいんだ。あとはパイナップルだ。うちにはパイナップルだけはたっぷりあったからな。丸ごとのも、缶詰も。毎日、パイナップルばっかり食っていた」

なんて贅沢な。うちでパイナップルを食べるとしたら、スーパーで特売をしていた時ぐらいなのに。

そうか、若い頃に食べすぎたからか。じいちゃんのパイナップル嫌いの秘密がようやくわかった、とその話を聞いた時のぼくは思ったのだが、違っていた。

◎

中学三年の秋、ぼくは両親と冷戦状態に陥った。

進学に関しての意見の食い違いだ。

ぼくが志望届を出した高校について、父さんはこう言った。「サラリーマンの息子が商業高校に行ってどうする」

じつは「商業」はどうでもよかったのだ。大切なのは「野球」。その高校は甲子園の常連の強豪校だった。

「奏太の好きなように生きなさい」といつも言っている母さんも難色を示した。「わざわざ偏差値がずっと下のところへ行かなくてもいいと思うの」

その時の野球部の顧問だった英語教師は勉強にもきびしい人で、「成績が下がったやつは試合に出さない」と宣言していた。だからぼくら野球部員は練習の合間に必死で勉強した。おかげでぼくの成績はどんどん上がって、三年生になった時には、偏差値ってのがクラスでもトップクラスになってしまったんだ。まったく一生の不覚だよ。

じいちゃんだけはわかってくれると信じて、思いをぶちまけたのは、じいちゃんが寝ている仏間でだった。この頃には、じいちゃんは野球の練習どころか、庭にもめったに出なくなっていた。いちじくの枝も伸び放題だ。

じいちゃんなら賛成してくれると思った。でも、じいちゃんの言葉はいつになく歯切れが悪かった。ぼくが野球馬鹿になってしまったのは、じいちゃんのせい。家族にそう見なされて肩身が狭かったからだろうか。もう字もちゃんと読めないのに『高齢者起業セミナー』なんてところに参加申し込みをしたのが父さんにバレて、自分も猛反対されたばかりだったからか。

「あのな、奏太、好きなことと、うまくいくことは、別なんだ」

「なにそれ」いまさらなに言ってるのさ。

「野球の話じゃない」

「なんの話さ」

「人生の話だ」

あの日も俺は、パイナップル畑に出ていた。

昭和二十年の五月だった。台湾じゃパイナップルの収穫時期だ。

そこに突然空襲警報が鳴り響いたんだ。空襲警報のことは前に話したな。「来る来る」と言うが実際には来ない。いつも騙(だま)されるから、俺たちは縮めて「空報」って馬鹿にしていた。

なにしろその日も空は青かった。台湾の夏の空の色はそりゃあもう、宝石を溶かして塗ったみたいに青いんだ。雲は白く、そして土は赤かった。こんなところで殺し合いなんて起きるわけがない。他の連中は逃げたが、俺はパイナップルをもぎ続けていた。

だが、今度の空襲警報は本物だった。

市街地の方角に煙が上がっているのが見えた。炎も上がった。イナゴの群れかと思うほどの数の爆撃機が飛んでいた。

そのうちの一機がこっちへ向かってきた。

爆撃機じゃなくて、護衛の戦闘機だ。戦闘機は始末に悪い。あいつらは建物を爆撃するんじゃない。機銃で地上にいる人間を狙い撃つんだ。兵隊かどうかなんて関係ない。空からは人間なんて蟻にしか見えないだろうからな。目についたそばから踏み潰すだけだ。

俺はパイナップル畑の中を走った。背の低いパイナップルの葉に体が隠れるように腰をかがめて。工場に戻ったらかえって危ないことはわかっていた。パイナップル畑の先にある森に逃げるつもりだった。

戦闘機は本当に撃ってきた。脱穀機みたいな音が背後に迫ってきた。俺はさらに腰を低くした。草履を履いた足や手や顔をパイナップルのぎざぎざの葉が打ち据えて切り刻んだ。きっと、いつも頭をもいでいる人間への仕返しだろう。パイナップルの熟れた生首が次々に撃たれて、一面に甘酸っぱい匂いが漂った。

それでも空は青かった。

人間を笑ってるみたいに青かった。

森まであと少しの時、気づいたんだ。逃げおくれてパイナップルの蔭に隠れているもう一人に。

俺はその体の上に覆いかぶさった。俺より年下に見える女の子だったからだ。助けるのが男ってもんだろ。頭に赤い布を巻いた娘だった。俺は語り話のパイナップルの精ではないかと疑った。だが、違った。驚いてこっちに首を振り向かせたのは、李桃みたいに素晴らしく大きな目をした娘だった。

「それが、ばあちゃん?」

写真の中のばあちゃんの目は、すももというより小豆(あずき)だけど。

じいちゃんは立ち上がって、仏壇の扉を閉めた。

「違う」

俺たちはずっと抱き合っていた。娘は震えていた。体は温かかった。

あんな時なのに、あんな時だったからか、俺は鼻がくっつきそうなほど近くのその子の顔を見つめ続けていた。娘は何か呟(つぶや)いていたが、最初は何を言っているのかわからなかった。収穫の手伝いに来ていたタイヤル族の娘だったんだ。

戦闘機が去ってからも俺たちは磁石みたいに抱き合っていた。それからいきなり磁石の極がさかさまだったことに気づいたように、一瞬で離れた。

俺は野球部のチームメイトから習ったタイヤル語で「ロカハ(だいじょうぶ)・ス(か)」と聞いた。後で知ったが、それは「お元気ですか」という意味だった。娘は学校には行っていたようで「だいじょうぶ」と日本語で答えた。

戦闘機がまた戻ってくるかもしれない。俺たちはそのまま森に身を隠すことにした。死にかけたっていうのに、俺はその子に夢中で話しかけ続けた。

「好きになったんだね」

じいちゃんとこんな話をするなんて。ぼくも成長したもんだ。

「まあ、なんていうかな」

じいちゃんは、甘酸っぱいものをほおばっているような顔で口をつぐんでしまった。しばらく経ってから、突然言った。

「キャッチボールでもするか」

「だいじょうぶなの？」

「まだまだお前には負けない。そうだろ」

ぼくはじいちゃんのすっかり痩せた体を支えて答えた。「もちろん」


緑地公園になった河川敷は野球禁止だし、どっちにしろじいちゃんの足では遠くには行けそうもない。キャッチボールは家の前の道でやることにした。十メートルも離れていない場所に分かれて。じいちゃんとぼくが最初にキャッチボールをした時ぐらいの距離だ。

ボールはちゃんと円滑に行き来した。この九年でぼくは、じいちゃんのかまえている場所にボールを投げるコントロールを身につけていたし、じいちゃんが投げるとんでもない荒れ球もたいていはキャッチできたからだ。そして途中からは、じいちゃんに気づかれないように少しずつ距離を縮めていった。おかげで昔みたいに会話のできる距離になった。

日本は戦争に負けたが、俺は台湾に残りたかった。その頃にはタイヤル族の娘と俺は、なんちゅうか、まぁ、いい仲になっていたから。むこうもそれを望んでいた。日本と台湾の立場は逆になったが、台湾の人たちは優しかった。治安も悪くなかったから、しばらくのあいだは国からも引揚げの話は出てこなかったしな。

でも翌年になるとそうもいかなくなった。日本人がいつまでも台湾に残っていられる情勢じゃなくなってきたんだ。戦争が終わったのに、今度は台湾の中で内輪揉めが始まったんだ。俺一人で娘の暮らす村に隠れ住もうとまで思いつめていた時に、父親が死んだ。

勝手なことは言っていられなくなった。母親は病気がちだったし、二人の弟と三人の妹もいた。

日本に帰る日、俺は引揚げ船が出るまでずっとパインと一緒にいた。パインっていうのは、わかるか、そうだ。俺がつけたその娘のあだ名だ。

出港間ぎわ、どうしても船に乗らなくてはならなくなった時、パインが紙包みを俺に寄こしてきた。「お別れの贈りもの」そう言って。

「お別れじゃない。必ず迎えに来る」俺は結局嘘になる言葉を口にした。

俺の言葉が嘘になることを俺よりわかっていたはずなのに、パインは笑って頷いた。

船の中で開いた紙包みの中身は、パイナップルでつくった焼き菓子だった。パイ？　そんなしゃれたものじゃない。村で祝い事がある時に食べるという、あの子の手づくりの菓子だ。

俺はそれをずっと肌身離さず持っていた。船が日本に着くまで。身を寄せる親類の家までの道のりでも。パイナップルの匂いがずっと俺を包んでいた。腐らないうちにと思っても食えなかった。食ってしまったら、あの子との日々も消えてしまう。

じいちゃんはキャッチボールを始めた時から息切れをしていたから、こんなに長く喋ったはずはなく、この話にはぼくの想像がつけ加えられているに違いない。でも、相手の女の子をパインと呼んでいたことも、二人が交わしたせりふの一言一句も、じいちゃんの言葉のままだ。この時のじいちゃんは正直だった。懺悔するみたいに。驚くほどロマンチックだった。

考えてみれば当たり前だ。じいちゃんも生まれつきじいちゃんだったわけじゃないし、ロマンチックに齢は関係ないのだから。

「菓子が石みたいに硬くなって、匂いもしなくなってから、ようやく食った」

あるいは入れ歯の具合のせいかもしれないが、本当に口の中で嚙みしめるようにじいちゃんは口をもごもごさせた。

「あんなにうまくて、あんなに食いたくないものを食ったのは、後にも先にも初めてだった」

その言葉を最後にじいちゃんは黙りこんだ。もう話は終わり。少し喋り過ぎたって感じで。

だからぼくは話を振り出しに戻すことにした。

「で、ジージ、俺はどうしたらいい」

「俺が言いたかったのは、好きなことが、うまくいくとはかぎらないってことだ。間違ってしまうこともある。失敗もある。それともうひとつ——」

そこでじいちゃんは咳き込んだ。ぼくが背中をさすると、寝ぼけた大型犬みたいに唸ってから言葉を続けた。

「もうひとつ。自分のことは自分で決めろ。そうすれば、失敗はしても後悔はしない」

じいちゃんがまた咳き込んだ。立っているのもつらそうだった。

それがじいちゃんとぼくの最後のキャッチボールになった。

◎

夏の高校野球の地区予選がはじまる一週間前、じいちゃんは一時退院をした。「試合を観に行かなくちゃ。奏太が投げるんだからな」そう言って。

高校三年のぼくにとって最後の夏だった。

商業高校には行かず、普通の県立に進学したぼくは、当然野球部に入り、二年の時から、先発を任されていた。ただし去年は2対1の一回戦負け。病院で結果を知ったじいちゃんは「援護がなさすぎる」と嘆いていたが、2点を取られたぼくが悪いのだ。

三年の今年は去年とは違う。ぼくの球速は一年間で5キロアップし、チェンジアップも覚えた。打力も向上して、練習試合では四番を打つようになった。三番はうちの野球部では久々の大物と言われているボーイズリーグの有名選手だった一年生。行けるかもしれない。夢のまた夢だとわかっていたけれど、そう思っていた。

じいちゃんが死んだのは、地区予選の始まる四日前だった。

葬儀のあいだもぼくは練習を続けた。じいちゃんはきっと「そうしろ」と言うはずだから。

無職の老人の葬式にしては、たくさんの花輪が飾られた。中等学校時代の野球部のチームメイトや、何度も失敗した事業の仕事仲間から贈られたものだった。金色の花輪が多かったのは偶然だろうか。じいちゃんが嫌いな輪切りのパイナップルが並んでいるみたいだった。

ぼくらは3対0で初戦を勝利した。二回戦は三番とぼくのアベックホームランが出て

7対0。三回戦は4対2の逆転勝ち。ぼくらの頭に甲子園がちらつきはじめた。「夢のまた夢」が「夢」に近づいたのだ。

次の試合に勝てば準決勝へ進出できるのだが、そこに壁が立ちはだかった。エースが今年のドラフト候補と目されていた優勝候補だ。

ぼくは五回までふんばったが、六回に2点、七回にもさらに2点を追加された。こちらは七回まで2安打で、スコアボードには「0」だけが並んでいた。

九回裏。ツーアウトだったが、フォアボールとエラーで、じいちゃんの暗黒時代の用語でいえば四球と失策で走者は一、二塁。ここで期待の三番が三遊間を破った。

4対1。

ぼくの打順だ。

観客席には父さんと母さんの姿があった。父さんが両手で掲げている遺影の中には、じいちゃんもいた。

まだ寝るなよ、じいちゃん。これからじゃないか。同点ホームランを見せてやるから。

初球を狙った。馬みたいにでっかいドラフト候補のピッチャーが、プライドと気合いを左腕に注ぎ込んで、速球で勝負してくることはわかっていた。

どこかで声が聞こえた。歓声なんて耳には入っていなかった。空の上から降ってきたような、大型犬がくしゃみをしたような声だ。

「手榴弾(てりゅうだん)を投げられたら、投げ返せ」

了解。

打球はセンターの頭上を越えてフェンスに向かって伸びていった。

一塁へ全力疾走しながらぼくは心の中で叫んだ。

越えろ。越えろ。

越えなかった。あと五十センチ。打球はフェンスを直撃した。

一塁を回ったところでランナーが一人還（かえ）った。4対2。

二塁を蹴る。相手の外野手がクッションを誤ってボールが転々ところがっているのがわかった。4対3。

三塁のコーチャーズボックスで背番号14のキャプテンがぐるぐる腕を回しているのが見えた。

本塁へ還ればランニングホームラン。同点だ。

じいちゃんが叫んでいる。

「機銃に追われてるつもりで走れ」

おう。わかってる。

もつれる足を必死で動かして三塁を回る。

ホームベースの上の空は青かった。じいちゃんの死も野球のスコアも関係なく青かった。

どこかからパイナップルの匂いがした。

いまでもはっきり言える。あのパイナップルの匂いは、気のせいじゃないって。

視界の隅に内野を中継したボールが飛んでくるのがわかった。

キャッチャーがブロックをしているホームベースにぼくは頭からダイブする。

両手を伸ばした。

球審がホームベースを覗き込む。歓声と悲鳴がようやく耳に届いてきた。

球審が片手を上げ、そしてコールした。

「アウト」

◎

今日は八月十五日だ。

ぼくは二十二歳になった。

実家を離れて四年になる。大学の野球部に入ったぼくは、夏休みも遠征や試合でなかなか帰って来られないのだが、今年は一泊二日だけ休みが取れて、お盆に帰ってくることができた。

仏壇の前の供え物を載せた台の隅に、買ってきたパイナップルを置いた。

いつのまにかじいちゃんそっくりに禿げてきた父さんが、ぼくを茶化す。「なんだ、嫌がらせか」

わかってないな。じいちゃんとキャッチボールをしていないからだ。

そして、仏壇にもうひとつ。

汚れた硬球だ。中継ぎばかりだったぼくが、四年生になってようやく先発を任されるようになって、初めて勝った試合のウイニングボール。

いつかお前はプロ野球選手になれる。じいちゃんはずっとそう言い続けてくれたけれど。

じいちゃん、やっぱり、好きなことと、うまくいくことは違うみたいだ。

世の中、上には上がいる。四年でようやく先発じゃ、話にならない。

ぼくは就職する。食品加工の会社だ。自分の頭で考えて、自分のことだから自分で決めた。もちろんやってみたい仕事だから、一流とはいえないけれど、その会社に決めたのだ。

もうひとつ理由があるとしたら、その会社に、アマチュアの野球チームがあること。まだ野球を諦めたわけじゃない。プロになれなくたって、いや、なれるならなってみたいけれど、とにかく野球は続ける。

投げ続けるよ。手の中の手榴弾を。そしてむこうから投げられたら、投げ返す。

全力で走るよ。機銃に追われてるつもりで。走り続けるよ。ぎざぎざ葉に切られたって、棘にさされたって。

ごめん。台湾産のパイナップルはどこにもなかったんだ。

でも、ほら、おんなじ南の島の匂いがするだろ。

解説

中江有里

以前、冬のフィンランドを訪ねたことがある。目的はオーロラ観測。しかし滞在中天候不順で空はずっと厚い雲に覆われていた。帰国まであと数日という日、焦りが募ったわたしはたまたま入った土産物屋の主人に愚痴をこぼすように訊いた。

「オーロラはいつ見えるんでしょうね」

すると主人は言った。

「オーロラは見えないだけで、今も出ている」

オーロラは雲の上に出ている。地上からは見えないだけ。そう言われてハッとした。見えないと、そこにあることを忘れてしまう。オーロラに限ったことじゃない。

心もそうだ。

たとえ見えなくても一人一人が持っていると知っている。それなのに相手の心を傷つけたり、自分の心を蔑ろにしたりする。

もし心に形があったなら、傷つけることをためらうのではないか。

なぜなら人の心を傷つければ、自分の心が痛むから。個々の心は、きっと見えない何かで繫がっている。

本書を読みながら、わたしの心はチクチクと針を刺されたようになったり、素手で絞られるようだったり、空に放たれた風船みたいに軽くなったり、一話ごとに心の在り処を確かめた。

「スピードキング」はプロ野球選手・藤嶋の訃報を受け、高校時代の同級生「俺」が回想する野球漬けの日々が描かれる。

「俺」は甲子園出場、プロ選手を目指して野球の強い高校へ進学したが、その先に藤嶋がいた。藤嶋は圧倒的な実力で光を放ち、やがてプロの世界へ。「俺」はその影とならざるを得なかった。

影から光を見つめることはできても、光から影は見えない。いつしか心も見えなくなっていた。しかし光と影が交わる瞬間が訪れる。

野球を通して「俺」と藤嶋の人生は交差し、藤嶋の死により「俺」は野球を振り返り、ラストで車を走らせる「俺」の心は間違いなく動き出していた。

「妖精たちの時間」の舞台は高校の同窓会という人生の品評会。自分語りをするために、他人の話を糸口にし、いかに自分の人生に「いいね！」をもらうか、の会。

かつての同窓会で「いいね！」をもらった槙田。もう「いいね！」をもらえない同窓会に顔を出す気になったのは、桜井暎子が来ると知ったから――。

帰国子女の桜井はクラスで注目を集め、嫉妬されて噂を立てられた。多勢は時に残酷だ。無勢どころか、たった一人の桜井は孤立する。

人が見えないものが見える——それは妖精でもあるし、心でもある。自分が見えないものを他の誰かが見てしまうことを恐れる。まるで中世の魔女狩りみたいだが、現代だって魔女狩りに近いことは起こってしまう。

逆に見えていたものが見えなくなることもある。大切な人の心の変化を見逃してはいけない。

「あなたによく似た機械」の主人公・美純（みすみ）は夫・拓人（たくと）のことばかり考えている。口数が少なく、感情をあらわにしない夫。彼の心が知りたい美純は「夫はロボット」だと妄想してみる。喧嘩（けんか）もなく、浮気（うわき）もない。借金も暴力もない。一見平和な家庭において「夫の心がわからない」から美純は不安なのだ。

ロボットは人間を模造した機械。誰かに似せたロボットなら、その人の心が宿らないとは言えない——。

「僕と彼女と牛男のレシピ」は昔の思い出を共有できない年上の彼女がいる上林（かみばやし）の視点で語られる。彼女と関係をさらに深めたいと願うが、そこには彼女が同居する「牛男（うしお）」というハードルがあった。

本書は七つの短編が収められているが、実に多彩で味わいが豊か。多くの話でスポーツ、とりわけ野球が登場する回数が多い。子どもの頃からテレビ観戦し、実際にやってみた人が多いからだろうか。わたしはそれほど野球に詳しくないけど、野球が好きな

「牛男」の熱は伝わってくるし、段々と「牛男」の心が開いていくのもわかる。

「君を守るために、」はあまり内容に触れると読む楽しみを奪ってしまいそうで怖い。

そう、これはホラーだ。ただしそれほど怖くはない。怖くないホラーはホラーなのか？　怖い話が苦手なのだが、三日月を横に倒した形の唇から「ヒー」と声が漏れそうになった。笑っちゃうのに怖い、新しい感覚。心は肉体とともになくならない。死んだ人を思い続ける限り、その人の心に死んだ人の心は居続ける。

「ダブルトラブルギャンブル」の主人公は双子の仁と礼。幼いころから共闘し、様々な苦難を乗り越えてきた。見た目は似ていても得意なことが違うから可能だった。しかし同じ女性を好きになってしまう二人。彼女は仁と礼、どちらを好きになるのか。

同じ親に同じように育てられても、持って生まれた性格は違うように、心もそれぞれ違う。生まれてからずっと一緒だった二人は、心を寄せ合い、支え合ってきた。何しろ双子の悩みは当事者が一番よくわかっているのだから。

「人生はパイナップル」には再び野球が登場する。

じいちゃんから野球を教わった「ぼく」の人生と、戦時中を台湾で過ごしたじいちゃんの人生が時空を超えて野球のイニングのように交互に描かれる。

中学で甲子園出場を果たしたじいちゃん。

一方、学校でうまく喋れない「ぼく」が流ちょうに話せるのは野球に関すること。

その野球を巡り「嘘をついた」という「ぼく」の汚名をそそぐためじいちゃんは行動

する。

「手の中の手榴弾はすぐに投げろ。そうしないと自爆するぞ」

ボールを投げる代わりに手榴弾を投げることになったじいちゃん。そのせいで肩を壊し、野球を続けることを諦めた。

野球を最優先した進学を両親に反対された「ぼく」は、じいちゃんに相談するが、思ったような答えは返ってこない……。

「人生はパイナップル」……じいちゃんの言葉は「ぼく」の心に一編の詩のように刻まれる。

輪切りのパイナップルの芯は捨てられる。輪の中は空っぽ。だが輪はつながってもいる。当たり前だが、含蓄のある言葉にも思える。

言葉とは言葉でしかなく、パイナップルはパイナップルでしかない。しかしそれを受け取ったものは、その意味を見出す。心がそうするのだ。

じいちゃんは人生をパイナップルに重ね、「ぼく」もまたじいちゃんを通してパイナップルの意味を探していく。答えはそれぞれの心が出していく。

ひとつひとつの心が絡まり合って、たった一つの物語がうまれてくる。小説はフィクションではあるけれど、そこにある心はフィクションではない。

小説に表れる心が伝わるから、読者の心は動く。痛さも、切なさも、一途さも登場人物と同じように感じる。

本を閉じれば物語から離れ、現実へと立ち返る。どんな現実に生きていても、誰もが同じ空の下にいることを思う。

たとえ闇の中にいても、世界の裏側では陽が昇っているし、空が雲に覆われていても、その向こうは青い空が広がっている。

見えない心は必ずそこにある。そう信じる力をくれる一冊だ。

本書は、二〇一八年十一月に小社より刊行された単行本を加筆修正のうえ、文庫化したものです。

それでも空(そら)は青(あお)い

荻原(おぎわら) 浩(ひろし)

令和3年 11月25日　初版発行
令和4年　2月20日　3版発行

発行者●堀内大示

発行●株式会社KADOKAWA
〒102-8177　東京都千代田区富士見2-13-3
電話　0570-002-301（ナビダイヤル）

角川文庫 22904

印刷所●株式会社KADOKAWA
製本所●株式会社KADOKAWA

表紙画●和田三造

●お問い合わせ
https://www.kadokawa.co.jp/（「お問い合わせ」へお進みください）
※内容によっては、お答えできない場合があります。
※サポートは日本国内のみとさせていただきます。
※Japanese text only

ISBN 978-4-04-111530-5　C0193

◆◇◇

角川文庫発刊に際して

角川源義

第二次世界大戦の敗北は、軍事力の敗北であった以上に、私たちの若い文化力の敗退であった。私たちの文化が戦争に対して如何に無力であり、単なるあだ花に過ぎなかったかを、私たちは身を以て体験し痛感した。西洋近代文化の摂取にとって、明治以後八十年の歳月は決して短かすぎたとは言えない。にもかかわらず、近代文化の伝統を確立し、自由な批判と柔軟な良識に富む文化層として自らを形成することに私たちは失敗して来た。そしてこれは、各層への文化の普及滲透を任務とする出版人の責任でもあった。

一九四五年以来、私たちは再び振出しに戻り、第一歩から踏み出すことを余儀なくされた。これは大きな不幸ではあるが、反面、これまでの混沌・未熟・歪曲の中にあった我が国の文化に秩序と確たる基礎を齎らすためには絶好の機会でもある。角川書店は、このような祖国の文化的危機にあたり、微力をも顧みず再建の礎石たるべき抱負と決意とをもって出発したが、ここに創立以来の念願を果すべく角川文庫を発刊する。これまで刊行されたあらゆる全集叢書文庫類の長所と短所とを検討し、古今東西の不朽の典籍を、良心的編集のもとに、廉価に、そして書架にふさわしい美本として、多くのひとびとに提供しようとする。しかし私たちは徒らに百科全書的な知識のジレッタントを作ることを目的とせず、あくまで祖国の文化に秩序と再建への道を示し、この文庫を角川書店の栄ある事業として、今後永久に継続発展せしめ、学芸と教養との殿堂として大成せんことを期したい。多くの読書子の愛情ある忠言と支持とによって、この希望と抱負とを完遂せしめられんことを願う。

一九四九年五月三日

角川文庫ベストセラー

金魚姫　荻原浩

金なし、休みなし、彼女なし。うつ気味の僕のもとにやってきたのは、金魚の化身のわけあり美女⁉　突然現れたおかしな同居人に、僕の人生は振り回されっぱなし！

不惑のスクラム　安藤祐介

河川敷で丸川が遭遇した、40歳以上の選手による草ラグビー。そこには、年代もバラバラな大人たちの、泥まみれの姿があった。楕円のボールでつながった絆を頼りに、丸川は己の人生を見つめ直していく――。

六畳間のピアノマン　安藤祐介

ブラック企業の同期3人組。早朝から深夜まで働き会社に泊まり込む毎日。疲弊しきった3人はある日深夜の居酒屋に行く。美味いビールで人間らしく笑いあった3人だが、極悪上司の壮絶な追い込みにあい――。

約束　石田衣良

池田小学校事件の衝撃から一気呵成に書き上げた表題作はじめ、ささやかで力強い回復・再生の物語を描いた必涙の短編集。人生の道程は時としてあまりにもハードだけど、もういちど歩きだす勇気を、この一冊で。

再生　石田衣良

平凡でつまらないと思っていた康彦の人生は、妻の死で急変。喪失感から抜けだせずにいたある日、康彦のもとを訪ねてきたのは……身近な人との絆を再発見し、ふたたび前を向いて歩き出すまでを描く感動作！

角川文庫ベストセラー

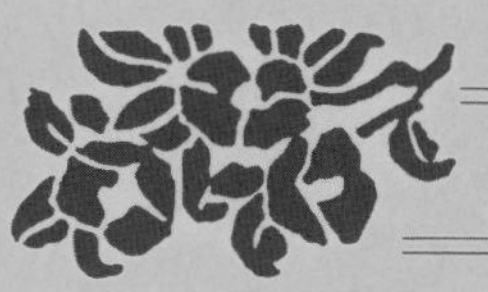

それでも空は青い

荻原 浩

角川文庫
22904